ちくま文庫

カレル・チャペック旅行記コレクション

スペイン旅行記

飯島 周 編訳

筑摩書房

目次

IV

V

フランス
ピレネー山脈
N
バラ
カタルーニャ
モンセラート山
バルセロナ
ラゴン
ンシア
バレンシア
ルシア
カレル・チャペック
スペインを歩く

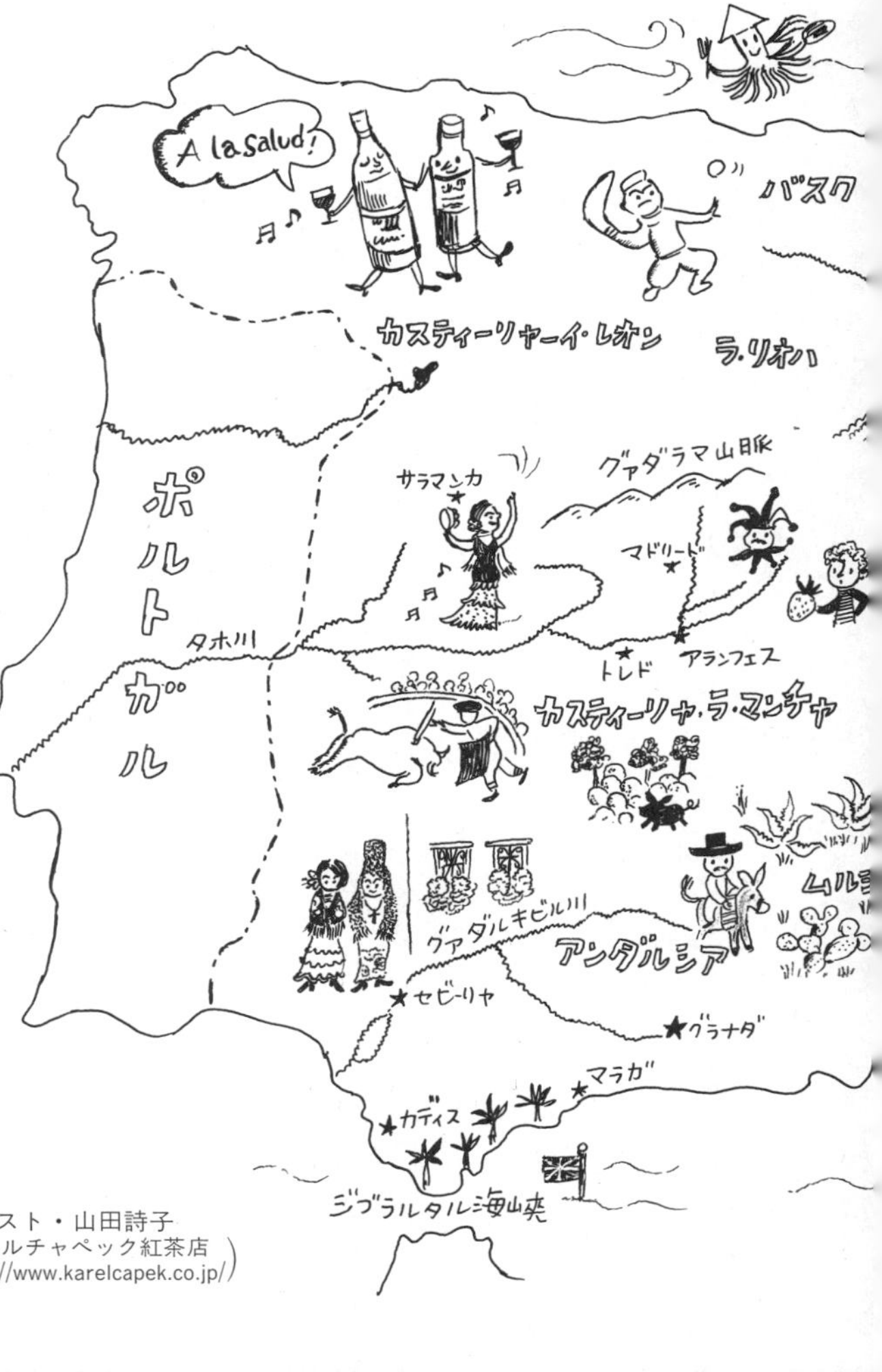

イラスト・山田詩子
(カレルチャペック紅茶店
http://www.karelcapek.co.jp/)

本書は、一九九七年十一月、恒文社より刊行された。

スペイン旅行記

I

国際急行列車

その名もすばらしき国際急行列車は、われらが時代に大きなコミュニケーション的意義を獲得した。

一つには、実利的な理由によるが、それにはたいして興味はない。

もう一つには、詩的な理由があげられる。

時たま現代詩の中には、大陸間特急が忽然《こつぜん》と現われ、得体の知れぬ駅員が、パリ、モスクワ、ホノルル、カイロなど、旅の停止点を呼ばわる。寝台車は、そのスピードからかもし出されるダイナミックなリズムに韻律を合わせて走り、また、飛ぶように走るプルマン車両〔*1〕は、さまざまな遠い土

地への憧れをかきたてる。

というのは、おわかりだろうが、詩的な幻想は、ただ一等車の旅においてのみ楽しめるのだから。

詩人たち、友人たちよ、わたしがプルマンと寝台車について証言するのをお許しあれ。

おわかりいただきたいが、車体を輝かせながら眠たげな小さな駅を走り過ぎるときは、車内からよりも、車外からのほうが、限りなく冒険的に見える。列車はまさに、すばらしいスピードで精力的に走っていくのではあるが、その一方で、あなたはその車内に、十四時間とか二十三時間ものあいだ、いまいましくも、座りどおしでいるように強いられる。たいていは、それが悶々《もんもん》とするほど退屈なものだ。

プラハからジェピまでの鈍行列車は、もちろん、ゆったりした速度で走っている。しかし乗客は、少なくとも半時間後には下車できて、何かほかの冒険さがしができる。

これに対して、プルマンの車内の客は、時速九十六キロの速さで走っているわけではない。彼らは、長時間座ったままであくびをしている。窓に映る右側の顔に退屈したら、左側に席を移す。唯一の救いは、座席が快適なことだ。

時どき、なにげなく窓の外を眺める。すると、小さな駅を通過するが、その名前を

読みとることはできない。また小さな町がさっとかすめるが、そこで下車することはできない。プラタナスで距離を刻まれた道を行くことはけっしてなく、あの橋の上に立ちどまって川につばを吐くことはなく、そしてその川がなんという名か、聞くことはない。

なにもかも悪魔にさらわれろ、プルマンの客は考える。今どこにいるんだ？　ちきしょう、やっとボルドーか？　キリスト様よ、なんとのろいんだ！

そんなわけで、せめて、いささかエキゾチックな気分で旅をしたいなら、各駅停車の鈍行列車にお乗りなさい。鈍行は、駅から駅へと、あえぎながら進んでいく。窓のガラスに鼻を押しつけて、なにも見のがさぬようにしたまえ。

ある駅では、青い服の若い兵士が乗車し、またある駅では、小さな子供が手を振って見送っている。黒い僧衣のような服を来たフランスの農夫が、自分のワインをあたにぐっとあけさせ、若い母親が、月の光のように青白い乳房を子供に含ませ、若者たちが、においのきつい安タバコをくゆらせながら、うるさくしゃべり散らし、汚れた顔の神父が、聖務日課書を読んでいる。

大地はしだいに広がってゆき、駅の一つひとつが、ロザリオの玉のようにつながる。やがて夕闇がおりてきて、疲れて意気消沈した人びとは、またたく灯の下で、移民たちのような格好をして眠りに落ちる。その瞬間に、隣の線路を、寝台車と食堂車をそなえたぴかぴかの国際急行が、退屈で死んだようになっている人間の積荷を乗せ、轟《ごう》音《おん》とともに走り過ぎる。

どうしたんだ、やっとダックスか？　天にましますますす主よ、時間がかかるもんですね！

＊

少し前にわたしは、スーツケースを礼讃する文章を読んだ。もちろんそれは、ふつうのスーツケースではなく、国際線用のスーツケースで、イスタンブールとリスボン、モロッコのテトゥアンとリガ、サン・モリッツとソフィアのホテルのラベルが、べたべた貼ってあるもの、その持ち主の自慢であり旅行記にもなるスーツケースである。わたしはあなたに、恐ろしい秘密を打ち明けよう——。

それらのラベルは、じつは、旅行会社で売っているのだ。まずまずのチップを出せば、あなたは自分のスーツケース用に、カイロ、オランダのヴリシンゲン、ブカレスト、パレルモ、アテネ、それにオステンドのラベルを手に入れることができる。この秘密を明かしてやったので、わたしは狙いどおり、「国際スーツケース」に致命的な

打撃を与えたことだろう。

わたしと同じ立場で、何千キロかの旅をすれば、ほかの人なら、それなりの冒険を体験するかもしれない。たとえば「国際的ヴィーナス」や「寝台車のマドンナ」に〔*2〕逢うこともあるだろう。

しかし、そんなことは起こらなかった。起こったのは、ただ列車の衝突事故だけだったが、それはわたしのせいではない。

ある小さな駅で、わたしたちの急行列車が貨物列車にぶつかったのだ。それはつり合いのとれぬ喧嘩で、まるで、あの体軀《たいく》堂々たるオスカル・ネドバル氏〔チェコの音楽家〕が、誰かのシルクハットの上に腰をおろしたようなものだった。貨物列車は無残にも損傷を来したが、一方、わたしたちの側は、わずかに負傷者五名で済んだ。まさに、完全なる勝利だった。

このような場合、旅客は、頭の上へ落ちてきたスーツケースの山をかき分けて、実際になにが起こったのかをまず見ようとして、駆け出す。好奇心を満足させたあとでやっと、自分が五体満足かどうか手探りしはじめる。

だいたいにおいて、被害がないことを確認してから、その二輛の機関車がどのようにして互いに正面から激突したのか、いかに激しくわたしたちが当の貨物列車を粉砕

したかを、一種の技術的喜びを持って、点検する――。

うん、相手はわたしたちとことを構えるべきではなかった――ただ負傷者たちは血を流し、まるで個人的な不正な扱いを受けたかのように、なにか憤然としている。

やがて、この件に当局が介入し、わたしたちは勝利の杯をあげるべく、こわれた食堂車に行く。その後のわたしたちの運行全体は、行く手をさえぎるものなしだ。明らかに連中は、わたしたちに恐怖をいだいたのである。

そのほかの、もっと込み入った冒険は、寝台車の中で、どうやって上段のベッドに到達するかである。とくに、下段のベッドに、すでに誰かが寝ている場合はそうだ。国籍についても、性格についても、なにも知らない人の頭や腹を踏んづけるのは、いささか不快なことである。

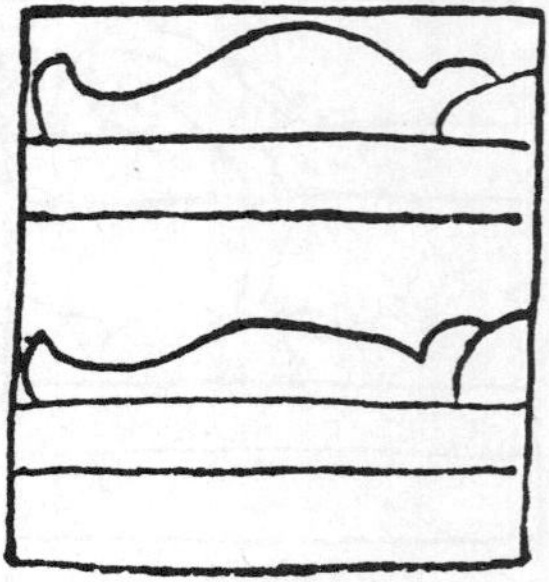

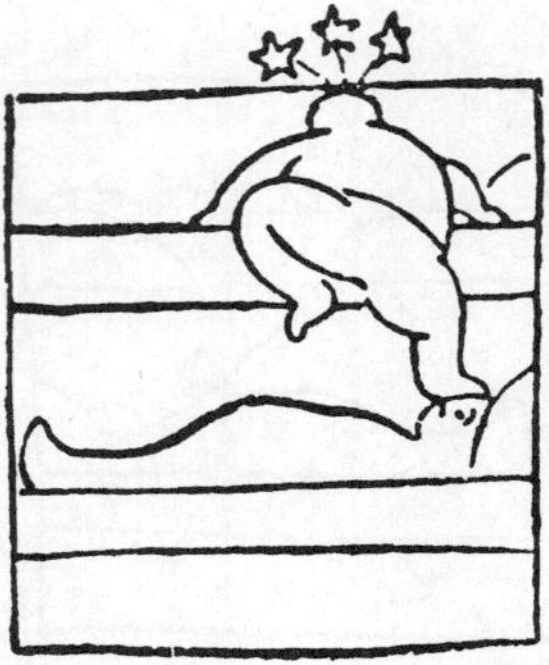

上段に達するには、さまざまな手の込んだ方法がある——重量挙げか、ぶら下がり、ジャンプ、高飛びのベリーロール、善意によるか暴力によるか。そして上段におさまってから、のどの渇き、その他似たような状態にならぬように、ベッドから這い下りなくてもよいように、ご注意を。

神の御手にわが身をゆだね、棺桶の中の死せる人のごとく眠るよう、努力していただきたい。その間《かん》、車外では、未知の不思議な土地が走り去り、故郷では、詩人たちが国際急行列車について名文をものしつつある。

＊1　豪華な設備の寝台車兼客車。プルマンはアメリカの発明者の名前。

＊2　「国際的ヴィーナス」はフランスの作家M・オルランの小説、「寝台車のマドンナ」は、やはりフランスの作家M・デコブラの小説。

ドイツ、ベルギー、フランスを通って

もし、わたしに十分な資産があり、自由市場での売買が可能なら、わたしはきっと、いろいろな国をそれぞれまるごとコレクションに加えていることだろう。

国の境界線というものは、たわむれにつくられたものではないことをわたしは知った。税関は好きでないし、パスポートの検閲にはうんざりさせられるが、そのたびに新鮮な魅力を覚えることもたしかだ。国境を通過して新しい世界に入ると、そこには、それまでと異なる家々や異なる言葉、異なる警官、異なる土の色、そして異なる自然がある。

青い服の車掌の後ろから、緑色の服の車掌がやって来る。二、三時間後には、褐色《かつしよく》の服の車掌と交替する。それはじつに、『千夜一夜物語』のようだ。

チェコのりんごの木々のつぎには、ブランデンブルクの白砂の上の松がやって来て、

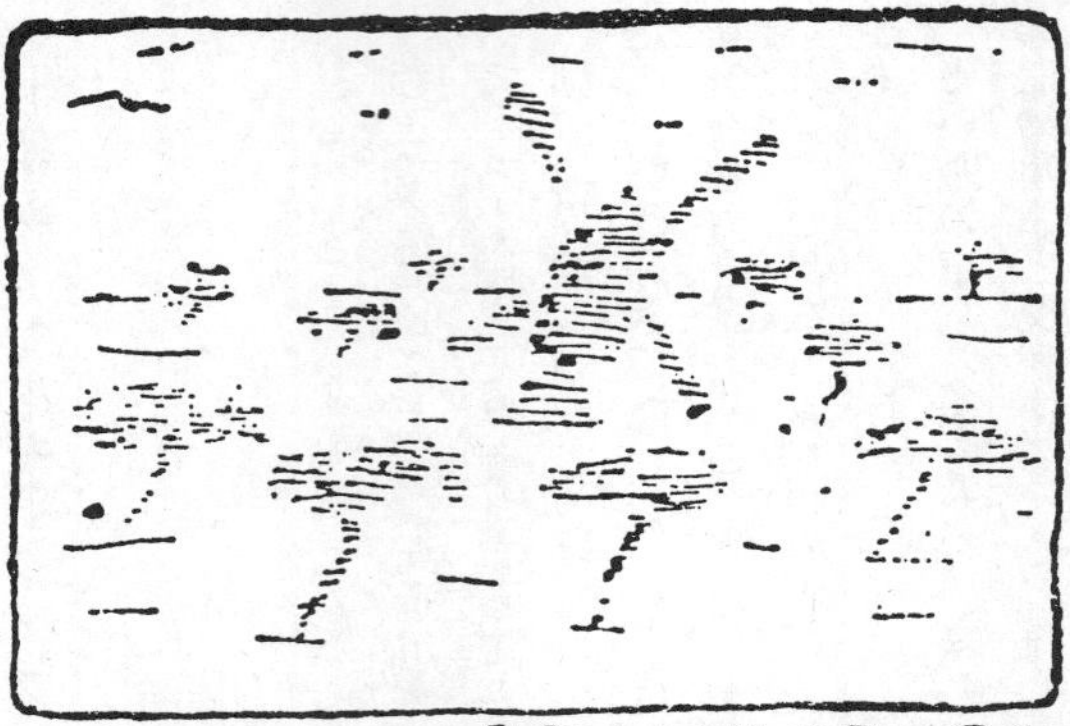

PROVINZ BRANDEBURG

どこかへ走っていくかのように風車が羽根を振り、大地は平らに広がり、シガレットやマーガリンの広告板が目立つようになる。それがドイツである。

それから、蔦の生い茂る岩山、人間の採掘で削られた山々、深い緑の渓谷、鋳鉄《ちゆうてつ》工場の建物や炉、太い塔の鉄骨、新しく噴出した火山に似た石の山というように、牧歌的な自然と重工業の産物が渾然一体となり、ショーム（竪笛《たてぶえ》）やカリヨン（組鐘）が、工場のサイレンと共演してコンサートをしているようだ。

それはヴェラーレン〔＊1〕の作品のすべて、詩集『明るい時《レ・ズール・クレール》』と『伸びゆく都会《レ・ヴィーユ・タンタキユレール》』そのもの、老いた詩人のフランドル風物詩のすべて、である。

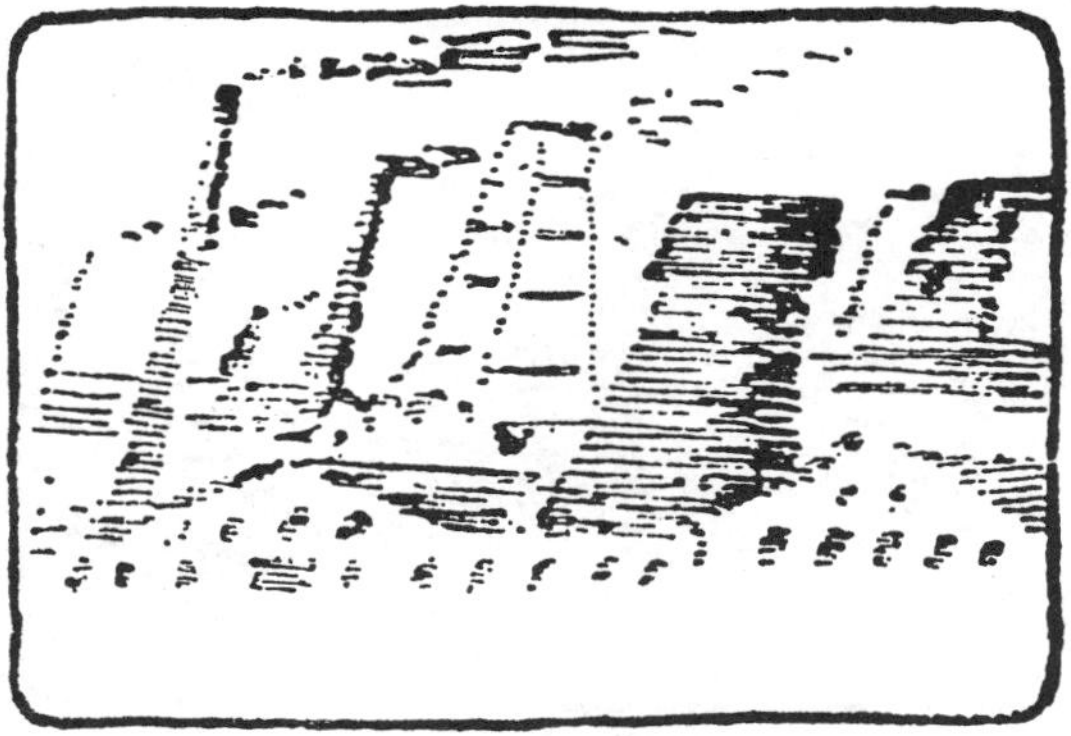

自分の宝物を広げられず、すべてを一つのポケットにしまいこんでいる国、かわいらしいベルギー。

子供の手を引く母親、馬に水をやる兵士、谷間の小さな宿、工場の煙突と恐ろしい塔、ゴシック様式建築の教会、鋳鉄《ちゅうてつ》工場、尖塔《せんとう》のあいだの牛の群れ。ここでは、すべてが旧世界の店に並べられたように配列されている――神ご自身が、どのように納められているか、ご存じのはずだ。

さて、つぎは、ふたたび、より自由な領域になる。それはフランス――榛《はん》の木《き》とポプラ、ポプラとプラタナス、プラタナスとぶどう園の国だ。

銀色がかった緑、そうだ、銀色がかった緑

が、フランスの色だ。ピンクの煉瓦《れんが》と、青っぽいスレート。軽やかな霧のヴェール、色というよりは光。まるで、コローの絵そのものだ。

畑には、人っ子一人いない。たぶん、ぶどうの収穫で忙しいのだろう。トゥレーヌのワイン、アンジューのワイン、バルザックのワイン、それに、ド・ラ・フェール伯爵様〔デュマ『三銃士』の登場人物〕のワイン。「ギャルソン、ユーヌ・デミブティーユ（ボーイさん、ハーフ・ボトルを一本だ）」

そこで、ロワール渓谷の塔よ、乾杯！

黒服を着た黒髪の女性。なんだ、やっとボルドーか？　樹脂の香りがひと晩じゅうただよう。ここは南西フランスのランド県、松の国だ。それから別の香り、きつく、気分をたかぶらせる香り——海だ。

アンディエ、乗り換え！

ぴかぴかの三角帽をかぶった、若きカリグラ〔暴君だったローマ皇帝ガイウス・カエサルのあだ名〕を思わせるような警官が、スーツケースになにか魔法の印をなぐり書きし、でかい態度でわたしたちをプラットフォームへ追いやる。もはやかくのごとし。

わたしはスペインにいる。

「カメレロ、ウナ・メディア・デル・ヘレス（ボーイさん、シェリー酒のハーフ・ボトルだ）」

もはやかくのごとし、赤茶色のヘンナ染料でマニキュアをした、あやしい魅力をふりまくスペイン女。

とんでもない、きみ、彼女はきみには向かない。だがせめて、この警官を詰め込んで、家に運んでいけたらなあ！

＊1　エミル・ヴェラーレン（一八五五〜一九一六）。ベルギーの詩人。

カスティーリャ地方

そうだ、わたしはスペインを旅したのだ。

そのことについては、自分自身でもたしかにそう思うし、スペインを旅行した多くの証拠も、たとえばスーツケースに貼るあちこちのホテルのラベルも持っている。にもかかわらず、スペインの地は、わたしにとって、見通しのきかぬ神秘のヴェールにつつまれている。

その最大の理由は、わたしがスペイン国内に足を踏み入れたときも、スペインの地から出て来たときも、夜の闇が支配していたからである。わたしたちはまるで、目かくしされて、アケローン川〔ギリシア神話の冥界の川〕を越えたり、夢の山を通過したりしているようだった。

わたしは窓外の暗闇から、なにかを見分けようと試みた。むき出しの山腹に、なに

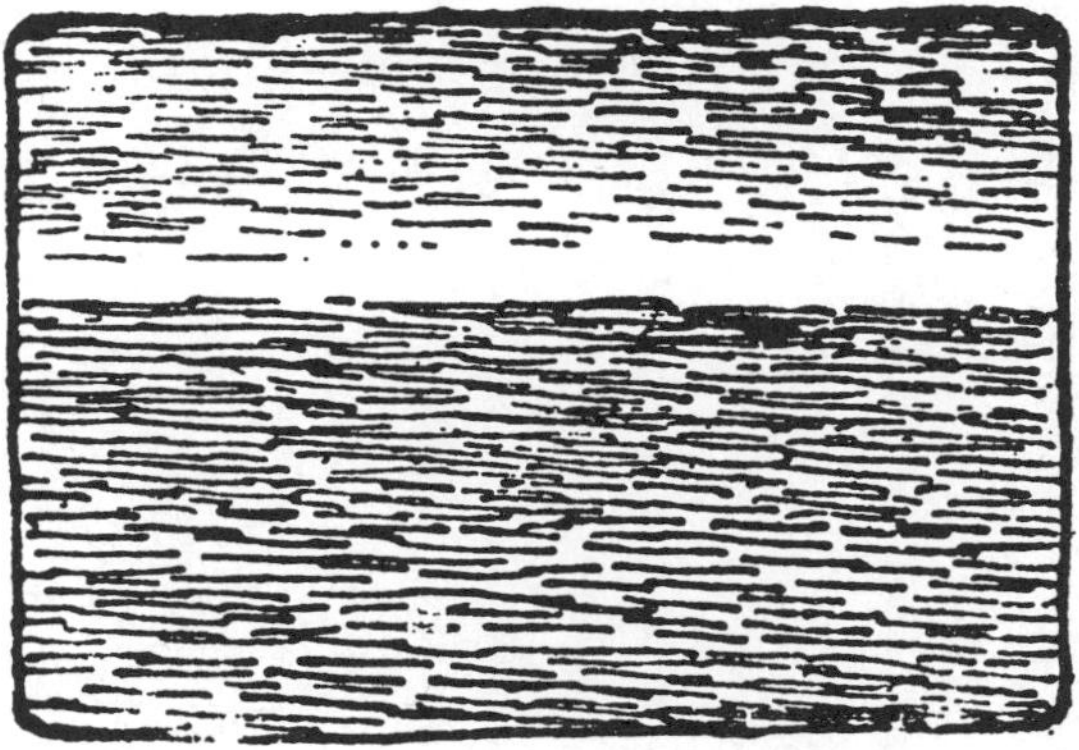

CASTILLA LA VIEJA

か、しわが寄って黒く汚れたようなものが見えた。岩だったか、木だったか、大きな動物だったかもしれない。それらの山々は、きびしく、不思議な構造を持っていた。

ある朝、わたしは、峰に朝日が昇るのを見るため、いつもより早起きしようと決心した。そして、実際にそうしたのだ。地図と時間に従えば、わたしたちは山の中のどこかにいた。しかし、目に映るのは、ただ赤い暁の光の縞の下にある、褐色《かっしょく》の地肌もあらわな、ごつい平らな土地だった。まるで、海原か、まぼろしのようだった。わたしは、熱病にでもかかっているのかと思った。こんな平野は、それまで見たことがなかったからだ。そこでまた、眠りにおちた。

やがて、もう一度目をさまし、窓ごしに外

を見たとき、わたしは、熱病にかかったのではなく、それまでとは別の土地にいるのだということがわかった。その土地とは、ピレネーの南の異郷、アフリカなのである。どう言ったらよいか、わたしにはわからない。その土地は緑だが、わたしたちの土地の緑とは異なって、暗く灰色がかっている。その土地は褐色だが、わたしたちの土地とは異なる。それは耕土の褐色ではなく、岩と黄土の褐色だ。その地には赤い岩山があるが、その赤さはどこか哀愁を漂わせている。

その地には山があるが、その山々はたんなる岩山ではなく、厚い粘土質と玉石ででてきている。それらの玉石は、地面から生まれてきたのではなく、まるで天から降ってきたかのように見える。その山脈は、シエラ・デ・グアダラマ〔アラビア語「砂の多い川」と関連する〕と呼ばれる。その山脈を創った神様は、たいへんな力持ちであったにちがいない。そうでなかったら、どうしてこれだけの石を積み上げられたろう！

玉石のあいだに、ふつうの樫が生えている。ほかにはもう、ほとんどなにもない。ただ、立麝香草《たちじゃこうそう》と、ブライヤーの茂みだけだ。その地は、荒れ果てて大きく、砂漠のように乾いており、シナイ半島のように神秘的である。

わたしには、どう言ったらよいかわからない。そこは別の大陸だ。とてもヨーロッパとは思えない。そこは、ヨーロッパよりもきびしく、恐ろしく、ヨーロッパより古

い。

とはいえ、メランコリックな不毛の地ではない。栄光にみちていて、奇妙で、粗野でありながら、気高い。

黒衣をまとった人たち、黒い山羊、黒い豚が、熱い褐色の背景から浮かびあがる。燃えるような石のあいだで、苦しくも黒く燻《いぶ》される生活。

ここかしこ、小川が流れているのでなく、ごろごろした丸石が集まっているのであり、平野ではなく、むき出しの岩場であったりする。カスティーリャの民家は、石造りの荒壁である。

角張った塔と、ぐるりと築かれた城壁。そこは、村というより、むしろ城だ。大地のすべてが石から出来ていると言ってもよい。古い城と土台の岩とが一体になっているのだ。家々は、あたかも攻撃を待ち受けるかのように、身を寄せ合っている。その家々のまん中に、塔が突き出ていて、城の案内役をつとめるかのようだ。それが、スペインの村である。人間の住居が、石の大地と融合している。

そして褐色の岩山の中腹に、奇蹟のなせるごとく——黒っぽい緑の庭園、黒い糸杉の並木、深く暗い公園がある。巨大で乾いた、誇り高き立方体、四つの塔がそびえ、記念碑的な孤独、千もの威容をたたえた窓のある隠者の住居——エル・エスコリアル

〔マドリード北西の王宮・修道院・王廟・大聖堂の集合体〕。スペインの諸王の修道院。控えめなろばたちによって救われる、乾いた地域を見おろす、悲しみと誇りの城――。

太陽の門《プエルタ・デル・ソル》

本書で何を書くべきか、たしかに、わたしは心得ている。この国に関して、わたしは、たとえばマドリードの歴史や、マンサナレス川の眺望、ブエン・レティロの庭園、赤い服を着た衛兵のいる王宮、その庭内を嵐のように叫びまわる愛らしい子供たち、さらには、教会や博物館はじめ、多くの注目に値することがらについて、描写すべきだろう。

もし、あなたがたが、そのようなことに興味をお持ちなら、どこか別のものでお読みいただきたい。わたしとしては、ただプエルタ・デル・ソル、すなわち「太陽の門」だけをおすすめする。それから、アルカラ通りと、マヨール通り、なまあたたかい夜、そして、マドリードの人びとをつけ加えよう。

世界じゅうに、神聖な場所はたくさんあり、このうえなく美しい通りも数多くあろう。それらの美しさは、まるで神話の世界のように非現実的で、神秘的だ。

そこで、マルセイユのカネビエール通り、バルセロナのランブラス通り、マドリードのアルカラ通りについて——。もしこれらの通りを、その周囲の景観から切り離して調理し、それらの生命と土地の風味を取り去り、そうしてどこかよその場所に据えつけたとしたら、なにもかも特徴は失われてしまうだろう。

なるほど、とあなたは言うだろう——。

「たしかに、この通りは、たいへんきれいで、広い。で、それ以上どうなんだ?」

「それ以上どうなんだ」なんて、信仰薄き人よ! なんで見えないのか。この広場は有名なのだ。なんといっても、世界的にその名も知られるプエルタ・デル・ソル、「太陽の門」だ。まさに、世界の中心であり、マドリードの萌芽《ほうが》の地なのである。

どうして、それが見えないのか?

当地では、世界じゅうのどんな神父よりももっと威厳があって堂々とした神父が、腕まくりをした兵士のように、腕の下に丸めたマントをかかえている。そして、あのスペインの郷士《イダルゴ》が、ぴかぴか光る帽子をあみだにかぶった警官に変装している。

一人の紳士《カバレッロ》が、おそらく侯爵様かもしれないが、鷲のような鼻をして、十字軍の戦闘指揮官のような声を出し、「エル・ソォール〔太陽〕」とかなんとか、新聞の名

を呼ばわっている。あるいは、ここの住人らしき男が、ほうきに体をもたせかけ、なにか寓話に出てくる彫像のようなジェスチャーをして、いかにも「町の清掃係」といった役を演じて見せている。

ありのままを見たまえ、りっぱな人たちだ。野菜やメロンをろばの背に積んで山岳地方からはこんでくる、そっけない褐色《かっしょく》の農民たち、華麗な舞台劇の衣裳が一ダースもできるだろうと思われる、赤、青、緑の制服の群れ、自分の屋台を持つ靴みがき《リンピアボタス》——。

ちょっと待て。これは、独立した一つの章になるぞ、「靴みがき」と呼ばれる章に。

靴みがきは、スペインの国民的なりわいである。より正確に言えば、靴をみがくということは、スペインの国民的ダンス、あるいは儀式なのである。よその国では、たとえばナポリあたりの靴みがきは、あなたの靴に狂暴にとびつき、まるで摩擦による熱や電気の発生を試す物理的実験が問題であるかのように、ブラシでこすりにこする。

ところがスペインの靴みがきは、一種のダンスで、シャム〔タイの古称〕のダンスとよく似ており、ただ両手だけで演じられる。目の前にいるダンサーは、この演技があなたの崇高な生の栄誉をたたえるためであるかのように、ひれ伏している。

優雅な手つきであなたのズボンの裾を折り返し、上品なたたき方で、当の靴によい香りのクリームかなにかを塗り、そうして、恍惚《こうこつ》としてダンスに没頭する。ブラシを

投げ、ブラシを取り、一方の手から他方の手へとブラシを移し、軽くたたくようにし、うやうやしく機嫌をうかがうかのように、あなたの靴にブラシを当てる。

　このダンスの意味は明らかだ。つまり、一種の敬意を表しているのである。あなたは高貴な身分ある方で、いわば、騎士が従者《パージェ》から儀礼的に服従の誓いを受けているようなものだ。そして、あなたの内部でも、足もとから立ちのぼる気高く心地よい熱によって、このもてなしを実感しはじめるようになる。これはたしかに、半ペセタの価値は十分にある。

「オイガ、カメレロ、ウナ・コピタ・デ・フンダドール（ちょっと、ボーイさん、フンダドールのワインを一杯くれ）」

　聞いてくれ、紳士諸君《カバレッロス》、わたしはここが気に入った。これだけの人間と、騒音。といっても、ただのわいわいがやがやではなく、陽気な礼儀正しさ、優雅さがあ

る。ここにいる人はみな、紳士もろくでなしも、警官も、このわたしも、道路清掃人も、みんな高貴な生まれなのだ。だから、南国的平等、万歳！

マドリードの女性たちよ！　黒いマンティーリャ〔女性がかぶるスペイン風ショール〕をかぶり、黒いお目めをした、あなたがた、美しく鼻の高い女性たち、顔を半分隠していながら、なんと威厳にみちていることか。

黒い瞳をした、母親といっしょの娘さんたち《セニョリータス》、人形のような、ちっちゃな丸い頭の子供《ニーニョス》を連れた母親、あたりをはばかることなく子供とたわむれる父親、ロザリオを手にした老婆、盗賊の風貌をした善人、物乞い諸氏、金歯の諸氏、物売り諸氏、すべて紳士《カバレッロス》ばかり。明るくにぎやかな群衆で、善意にみちた速いテンポで互いにしゃべり合い、ぶつかり合っている。

やがて夕方になると、あたりの空気全体が熱を帯びて引きしまってきて、マドリードじゅうの人間が、歩けるかぎりの人が散歩に出かける。マヨール通りからアルカラ通りに沿って、押し合いへし合い、人波が流れるように動く。制服姿の紳士たち、私服の紳士たち、広つばのソンブレロや、つばなしのキャップをかぶった人たち、あらゆる呼称を持つ若い女たち——。

令嬢《マダミソラス》、生娘《ドンセラス》、少女《ムチャチャス》、お嬢さん《セニョリータス》、若い女《モサス》、下町娘《チュラス》、奥様《マダマス》、令夫人《セニョーラス》、おかみさん《ドゥエニャス》、娘《イハス》、女の子《チカス》、小娘《チキータス》、ちっちゃい女の子《チキリッティカス》。女たちは、黒いマンティーリャの背後に黒い瞳を持ち、紅きくちびるに、赤い爪と黒い横顔を見せている。

唯一の散歩道、祝日のような平日、恋人たちの愛の示威行進、無数の瞳と瞳、永遠の愛を謳う大通り。カネビェール、ランブラス、アルカラ——。世界でこのうえなく美しい街路。ワイン・グラスのような、生気あふれる街路。

トレド

そこは一面、褐色《かっしょく》の熱い土地である。石造りの民家《プエブロ》や、ろば、オリーヴの木、キュ ーポラ型の井戸が、散在している。

まるで平野から、だしぬけに花崗岩質の岩山が隆起し、その上に家が一軒一軒、くっつき合って立っているようだ。そしてその下には、褐色の岩の割れ目を、褐色のタホ川が流れている。

だが、トレドの町そのものに関しては、わたしはほんとうに、どこから手をつけたらよいのか、困ってしまう。古代ローマ人かムーア人か、はたまた、カトリックの諸王についてか。やはり、トレドは中世の町だから、中世の町はほんとうは何からはじまったか、ということからはじめよう。つまり、町の門からだ。

たとえばそこには、ビサグラ・ヌエバ〔「新しい蝶番《ちょうつがい》」の意〕という名の門がある。

いささかマリア・テレジア時代風のスタイルで、あきらかに等身大以上もある大きさの、ハプスブルク王朝の家紋である双頭の鷲がついている。

　まるで、わがチェコの町テレジーンや、ヨゼフォヴォ〔＊1〕に通ずるかのようだ。しかしながら、そこはアッラバール〔「場末」の意〕と呼ばれる地区への入口で、いかにも場末といったように見える。

　それからつづいて、「太陽の門《プエルタ・デル・ソル》」と呼ばれる第二の門の前に出る。そこはまるで、バグダッドにでも来たかのような雰囲気だ。だがそのムーア風の楼門をくぐると、雰囲気が入れ替わってその先は、このうえなくカトリック風の町の通りへとつづく。

　この町は、二軒おきに教会が建ちならび、血を流すイエス像や、〔エル・〕グレコの華麗な祭壇画の衝立《ついたて》が飾られている。

　さらに、ジグザグに曲がったアラブ風の小路をさまよい歩いて行くと、鉄格子の向こうに、パティオと呼ばれる、ムーア風の小さな中庭が見える。そこには、トレドのマジョリカ焼のタイルが敷きつめられている。

　そんなふうにしてあなたは、ワインかオイルの荷を背負っているろばたちをよけながら、美しいハーレムのような鉄格子の窓をのぞき、まるですっかり、夢の中にいるかのように歩いている。まるで夢の中にいるかのように。

そうして行くと、あなたは七歩ごとに立ちどまることになるだろう。かつてスペインを支配したゲルマン系の西ゴート族の柱があるかと思えば、つぎには、モサラベ人〔＊2〕の壁がある。そして、誰にでも妻や夫を見つけてくださる、奇蹟の聖母マリア様もいらっしゃる。さらには、ムデハル人〔＊3〕の塔《ミナレット》と、要塞に似たルネッサンス風の宮殿があり、ゴシック風の家や、プラテレスコ様式〔スペイン風のルネッサンス建築装飾様式〕の金をちりばめたファサードのあるモスク、そして、左右に耳をひろげたろばも通り抜ける狭い小路。

みごとな陰影を作りだしているマジョリカ焼のタイルを敷いた中庭をのぞいて見ると、植木鉢に囲まれた小さな噴水があり、つぶやくように歌っている。

むき出しの壁と鉄格子の窓にはさまれた窮屈な小路をのぞいてみる。空を見上げる。大聖堂をのぞく。それらはみな、ありとあらゆるもので装飾されている――彫刻され、切られ、鋳造され、床に敷かれ、のみで削られ、彩色され、刺繍がほどこされ、精巧

な細工をこらし、金箔をかぶせられ、さらには宝石をちりばめられたり、などなど。こうしてあなたは、まるで博物館の中を見てまわるかのように、一歩ごとに立ちつくすことになる。あるいはまた、まるで夢の中にでもいるかのように。

ここにあるものすべては、何千年もかかって作りあげられたもので、アラーの焔《ほのお》のような文字、キリストの十字架、インカの黄金をはじめ、さまざまな歴史や、神や、文化、および民族の息吹きがそれぞれの特徴を表わしながら、最終的になにか幻想的に融合されたものなのである。すべての歴史と文明が、トレドの岩山の、固い手のひらの中に収まっているのだ！

ごくごく狭いある通りでは、人間の鳥籠のような鉄格子の窓から、トレドの町が俯《ふ》瞰《かん》できる。青空の下に、平らな屋根が一面に波うち、褐色の岩山の中にアラブの町が輝く。屋根の上に庭園と、親密で快適な生活を思わせる甘く怠惰な中庭《パテイオ》。

ここでもし、わたしがあなたの手をとって、わたしが見たトレドのすべてを案内しなければならないとしたら、まずきっと、このジグザグのあわれな小路の中で迷ってしまうだろう。

だが、それでもかまわない。なぜなら、そこでもわたしたちは、やわらかいひづめで敷石の上をこつこつと響かせて歩くろばたちと行き交い、マジョリカ製の開けたパ

ティオや階段を見るし、それに第一、いろいろな人間たちに出逢うだろうから。それに、美しい馬蹄形のアーチを持つ、白く冷たい、ムデハルの礼拝堂も見つけるだろう。しばらく行けば岩山があり、それがまっすぐに下ってタホ川に落ち込み、すばらしくもきびしい光景が眼前に開ける。

さらにまた、デル・トランシトのシナゴーグ〔ユダヤ教会〕。それは弱々しげで、不思議にデリケートな、ムーア風の装飾で飾られている。

そして、ほかにも多くの教会がある。たとえば、グレコの名画「オルガス伯の埋葬」が飾られた教会、またはムーア風のこのうえなく美しい、夢のような十字廊下のある教会、そして宮殿のような中庭のある病院。

門の前にある教会には、巨大な翼のような帽子をかぶったもの静かな尼さんたちと、小さな孤児たちが、たくさんいる。孤児たちは互いに肩につかまり合って長蛇の列をつくり、「アントニーノ」とか「サント・ニーニョ」〔聖なる男の子〕とかなんとかうたいながら、教会へと行進していく。そこにはまた、彼らのための薬局があり、きれいにエナメルを塗ったポットとジョッキが置いてあって、その上方には、ディヴィヌス・クウェルクス〔神の柏の実〕やら何やらのスピカ〔穂〕とか、ラテン語で書かれている。それらは古い研究用の薬だ。

ここで、大聖堂についてだが、どうも、さだかでない。そこへはたしかに行ったのだが、その前に、トレドのワインや、ベガのワインなど、首すじを伝わって流れるほどのワインを、さらには、治療用の油のように濃いワインを味わったので、夢でも見ていなかったか、またはそれほどごちゃついていなかったかどうか、保証できない。

そこには、きわめて多くの品々があった。たしかに覚えているのは——贅《ぜい》をつくしたミニチュア細工と気も遠くなるほどに高い天蓋《シボリア》、そそり立つ鉄格子、千もの彫像のある飾り板、碧玉《へきぎょく》の欄干《らんかん》、上部に彫刻のある参事会員の椅子、下から、横から、また後方からの眺め、グレコの絵画、未知の領域にとどろきわたるパイプオルガン、太っていたり干鱈《ひだら》のようにひからびていたりする参事会員たち、大理石が敷きつめられた礼拝堂、彩色された礼拝堂、黒い礼拝堂、金色の礼拝堂、トルコの軍旗、天蓋《てんがい》、天使像、燭台《しょくだい》と上祭服、情熱的なゴシック様式と情熱的なバロック様式、プラテレスコ様式の祭壇、高くて暗い円天井の下にあるチュリゲーラ様式〔スペインの後期バロック様式〕の異常に盛りあがった透かし画、無意味で驚くべきものの混成、燃えるような光とぞっとするような闇——。

そうだ、多分わたしは、ただ夢を見ていたのだろう。きっとそれは、教会の藁《わら》椅子の上で見たすさまじく混乱した夢だったのだろう。宗教美術というものが、これほどの多様性を必要とすることも、ほかにはあり得ないだろう。

さて、紳士よ、いささか食傷ぎみとなったこの造形美から逃れて、トレドのあちこちの小路で息抜きをしたまえ。

トレドの名物たちよ、きれいな窓々、ゴシック様式の小さなアーチ、ムーア様式の二連アーチ窓《アヒメス》、のみで削られた格子窓、銃眼つき胸壁を持つ家々、子供たちと棕櫚《しゅろ》の木のパティオ、アスレホス〔タイル〕貼りの小さな中庭、ムーア人やユダヤ人やキリスト教徒たちの小路、ろばたちのキャラバン、日陰の惰眠《だみん》――。

お話ししておきたいが、これらの多くのささやかな物事よ、きみたちの中にも、あの豪華絢爛たる大聖堂の内部と同じように、さまざまな歴史がある。

この世で最良の博物館は、生きた人びとの街路だ。ここはまるで、別の時代に迷い込んだかのような感じがする、と誰もが言いたくなるだろう。だが、それは適切ではない。実際は、もっと不思議なものだ。別の時代ではなく、過去にあったものが現存していることなのである。

もし今ここで、あの紳士が剣を腰に帯び、あそこであの神父がアラーの神の文字を解説し、あの娘さんがトレド風のユダヤ娘だとしても、あのトレドの小路の壁と比較してみれば、それは少しも不思議ではなく、距離のあるものではない。

わたしが別の時代に到着したと感じたのは、じつは別の時代なのではなく、たんに、非常にすばらしい、奥深い冒険の世界を旅しているに過ぎないのだ。トレドのような世界を。スペインの地のような世界を。

＊1　テレジーンはマリア・テレジアにちなんで命名された町。北チェコにあり、ナチス時代にはユダヤ人強制収容所があったことで有名。ヨゼフォヴォはオーストリア皇帝ヨゼフの名に由来する、プラハのユダヤ人居住地区。
＊2　ムーア人による征服後、ムーアに服従するという条件で信仰を許されたキリスト教徒。
＊3　キリスト教徒による再征服後、特別に残留を許されたイスラム教徒。

血の酒場《ポサダ・デル・サングレ》

血の酒場《ポサダ・デル・サングレ》。ここに、ドン・セルバンテス・デ・サーベドラが住み、飲み、借金を作り、『模範小説集』(一六一三)を書いた。

セビーリャには、別の居酒屋があり、そこでも飲みかつ書いたが、借金のために収容された牢屋もある。その牢屋の中に、今日《こんにち》では、もちろん居酒屋がある。

わたしは自分の体験にもとづいて、みなさんに証明できるが、セルバンテスはセビーリャにいたときは、マンサニーラのワインを飲み、その肴《さかな》にラングスティン(クルマエビの一種)をぱりぱりかじったし、トレドではトレドのワインを注文して、肴にはパプリカ味のチョリソとハモン・セラーノ、つまり黒い生ハムその他、渇きと才能と雄弁を促進するものを味わったのだ。

だから今日でも、血の酒場では、ジョッキからビーノ・トレダーノ(トレドのワイ

ン」を飲み、チョリソをかじり、一方、中庭では紳士たち《カバレッロス》が、ドン・ミゲル、すなわちセルバンテスの時代に行なわれていたように、ろばたちのくつわをはずし、村娘たちとふざけている。そんなことからも、セルバンテスの不滅な天才ぶりがうかがえる。
しかし、わたしたちはもう酒場にいるのだから、オイガ・ビィアヘロ（聞いてくれ、旅人よ）、きみは、異国を認識するためには、食べたり飲んだりしなければならない。遠い国になればなるほど、神はお命じになるが、それだけ多くむさぼり、飲み干さねばならない。

　きみにもわかっていることだろうが、世界のあらゆる民族は、サクソン人やブランデンブルク人に至るまで、さまざまな手段や方法で、あるいは、さまざまなスパイスや調理法で、地上の楽園を実現させる道を求めている。そのため、じつにさまざまな料理を、焼いたり、フライにしたり、燻製《くんせい》にしたりして作りだし、現世の幸せを得ようとしてきた。

　どの民族も、彼ら独自の舌を、美味を求める舌を、持っている。だから、その民族の舌を感得したまえ。その食物を食し、そのワインを飲む。その魚とチーズ、油と燻製肉とパンと果物のハーモニー。まるで楽器のようなワインのオーケストラの伴奏によって、大胆に、なにもかも味わってみたまえ。吹きつける風《ヴェンダス》のように荒々しく、ギターの音色と同様に深いバスクの笛の音のように、ワインは五臓六腑に滲みわたっていく。

やわらかく響くワインよ、旅人と、しばし、たわむれよ！

ア・ラ・サルード・デ・ウステード（あなたの御健康に、乾杯）、ドン・ミゲル！

ごらんのように、わたしは外国人です。わたしは三つの国を通過して、ここにやって来ました。そして、この地に、わたしは親愛の情を感じています。

さあ、もっと、わたしにワインを注《つ》ぎたまえ。おわかりでしょう、あなたがたスペイン人は、わたしたちチェコ人と同じもの、いろいろ共通なものを持っている。たとえば、わたしたちと同じようにČ《チエー》という音を表わす文字（スペイン語ではch）を持っているし、わたしたちと同じように、強く響くきれいな「ルルル」という音（振動音）を持ち、わたしたちのように単語に縮小語尾をつける。

ここでさらに、ア・ラ・サルード・デ・ウステード！

わたしたちの国へぜひ来てください、セルバンテスさん。あなたを讃えて、白い泡をかぶったビールで乾杯し、スペインの料理とはまた別な料理をごちそうしましょう。どの民族も、それぞれ独自の舌を持ってはいますが、よい居酒屋や、リアリズムや、芸術、そして精神の自由のような、上等で本質的な物事については、互いに理解し合えるものですから。

ア・ラ・サルード、乾杯。

II

ベラスケス　またはスペイン貴族

ベラスケスを追求するためには、マドリードへ行かねばならない。一つには、そこが彼にとって、もっともゆかりの深い場所だからだし、もう一つには、そこがまさに、当然のごとく、しかつめらしい枠の中の、誇り高き生活の中心のように思えるからだ。その枠は、熱っぽいと同時に冷たくもあるその町の中で、あの貴族的なけばけばしさと、民衆的な喧騒《けんそう》のあいだに存在する。

マドリードについて、簡単明瞭に表現しなければならないとしたら、わたしは、マドリードは宮廷のパレードと革命のスコールの町だと言いたい。ここの人たちが、どんな頭をのっけているか、ご注目いただきたい。それは、半ばスペイン貴族《グランデーサ》的であり、半ば頑固頭である。

わたしがそもそも町と人間について鼻がきくとしたら、こう言いたい――。マドリ

VELASQUEZ

ードの空気は軽く、いささか興奮をかきたて、スリルにみちており、それに反し、セビーリャは祝福にみちてけだるく、バルセロナは半ば秘められた状態でわき返っている。

さて、ディエゴ・ベラスケス・デ・シルバ、青白く冷たく神秘的なフェリペ四世の宮廷の高官であり、宮廷画家で、カラトラバ〔＊1〕の騎士であったその人は、スペイン諸王の都マドリードに、二重の権利によって所属する。

まず、彼は高貴である。これは絶対的なことで、もはや動かしがたいことだ。しかし、その高貴さは、イタリアの画家ティツィアーノの豊かな黄金の高貴さではない。ベラスケスには、かみそりのように鋭いまでの冷徹さ、周到で容赦ない注意深さ、その手を支配する目と頭脳の恐ろしいまでの確実さがある。

わたしの考えによれば、当時の王様が彼を高官にしたのは、その功にむくいたのではなく、彼を恐れたから、つまり、ベラスケスのひたと据えられた透徹した両眼が王を不安にさせたから、この画家との張り合いに堪《た》えられず、そのために、彼を高位につけたのである。

彼は、スペイン宮廷の高官となり、疲れた瞼《まぶた》と冷たい目をした青白い国王や、はでな衣裳の青白い頰の王女たち、レースで飾られた哀れなあやつり人形を描いた。または、宮廷に仕える水頭症の小人、宮廷の道化たち、グロテスクな権威をふりかざして闊歩する痴人たち、等々、宮廷の高貴さを無意識のうちに戯画化している、哀れで愚かしい人間のできそこないを描いたのである。

国王とその小人、宮廷とその道化。その衝突を、ベラスケスはあまりにも鋭く徹底的に取り上げて描いたので、そのこと自体、奇妙な意味を持たないではいられなくなっている。宮廷の高官であるこの画家は、自分で望んだのでないなら、宮廷の奉公人たちを描くことはほとんどなかったろう。

それ以上のことは言えないとしても、少なくとも残酷でぞっとするような点を一つあげたい――。これは、国王とベラスケスの世界である。彼はあまりにも崇高な画家なので、たんに仕えるだけではなかった。そしてあまりにも偉大な人物だったので、たんに自分の見たものを描いただけではなかった。あまりにも目がよく見えたので、その両眼を通じて、彼の明確で最高の理性は、すべてを見ずにいられなかったのだ。

＊1　一一五八年創立の、スペインの宗教騎士団。

La grandeza

エル・グレコ　または信仰

ドメニコス・テオトコプロス、すなわちエル・グレコと呼ばれる人を、トレドの中で捜したまえ。そこが、ほかのどこよりもゆかり深い場所だったからではなく、そこには彼がみちあふれているし、トレドの中では、あなたを驚嘆させるものはなにも存在しないからだ。グレコでさえも、驚嘆させない。

生まれ〔クレタ島〕から言えばギリシア人、色彩的にはヴェネツィア人、芸術的にはゴシック様式で、それが歴史の気まぐれによってバロックの勃興《ぼっこう》に直面した。上へ上へと向かうゴシックの垂直主義をご想像願いたいが、その中へ、バロックの嵐が吹き込んだ。

それは恐ろしいものだ。ゴシックの線はゆがめられ、ふくれあがるバロックははね返され、ゴシックの直線的噴出によって引きのばされる。時には、その絵は、これら両者の力による緊張で、破裂するかのように思われる。そして、非常な力で、顔をゆがめさせ、体をまっすぐにさせ、その上に重く烈しい曲線で衣裳をまとわせる。白雲はハリケーンの中に舞うシーツのようにひるがえり、その雲のあいだを、唐突で悲劇的な、燃えるような色彩の光が、不自然で恐ろしいほどの強烈さで突き破る。まるで、天にも地にも異変が現われる、最後の審判の日のようだ。

このように、グレコの内部に二つの形式の世界が入り込んでいるように、彼の絵の中には、なにか二つに分裂し、互いに極限まで拮抗《きっこう》し合うものが感じられる。芸術をゴシック的に神聖化した、直線的で純粋な神の風景と、一方、あまりにも人間的なバロックのカトリシズムに昇華させた高貴な神秘主義とである。

旧時代のキリストは、人間の息子ではなく、みずからの栄光につつまれる神そのものだった。ビザンチンの人テオトコプロスは、自身の中に、旧時代のキリストをかかえていた。

だが、バロックのヨーロッパは、肉体によって形成された、人間化したキリストを発見した。旧時代の神は、高所にあって、近よりがたく、いささかきびしく、自身の後光につつまれて君臨していた。が、バロックにしてカトリックの神は、合唱する天使の群れの中央にあり、地上に突進して、信者の手をとり、周囲にふくれあがる栄光

GRECO

の輪の中に自身を引き入れようとした。

ビザンチンの人グレコは、聖なる沈黙にみちた初期キリスト教の聖堂《バシリカ》から出て、パイプオルガンのとどろくなか、熱烈な連禱《れんとう》の行列をへてカトリックの大聖堂へと到着した。これは彼にとっていささか荷が重かった、とわたしは言いたい。

この大混乱の伏魔殿《ふくまでん》の中で、みずからの祈りを失わぬようにするために、グレコ自身が恐ろしい不自然な声で叫びはじめた。彼の内部に信仰《ラ・デボシオン》に狂喜するような何かが生じる。世俗的で具体的な騒音は、彼を満足させない。もっと高い、もっと興奮した喚声で、それを黙らせねばならない。

不思議なことだ。この東方のギリシア人は、西方のバロックを、エクスタシーに達するまで感傷的に描出し、そのふっくらとして筋骨たくましい人間らしさを奪うことで、克服している。年齢を増せば増すほど、それだけその描く人物を人間ばなれさせ、体を引きのばし、顔を殉教者的にやつれさせ、その目を恐怖の形相でこわばらせる。

高く！　天まで！　彼は現実の色彩を奪い去る。その闇はうなりを立て、その色彩は稲光に照らし出されたかのように輝いている。極端にやせて人間ばなれした手が、驚きと恐怖のために差し上げられ、嵐の空が裂け、旧時代の神が恐怖と信仰の悲嘆の叫びを感じ取る。

申しあげるが、このギリシア人は、恐ろしい天才だった。狂人だった、と主張する人たちもいる。自身の作りだす幻影を、こんなに熱烈に凝視する人は、誰でもいささか狂っている。少なくともこの意味で、マニエリスム〔＊1〕の画家と言ってよい。なぜなら、その幻想のテーマも形式も、ほかの場所や方法からではなく、自身の内部から生み出しているからだ。

トレドの町では、外来者たちにグレコの家《ラ・カサ・デル・グレコ》が公開されている。心地よい、マジョリカのタイル敷きの中庭があるその優雅な家が、あの神秘的なギリシア人のものだったとは、信じられない。その家は、それにしては、ずいぶん世俗的なほほえみを浮かべている。そしてあまりにも裕福である。

よく知られていることだが、グレコは自分の息子に、自作の二百点ほどの絵画以外には、なにも残さなかった。このことは、明らかに、当時のトレドの町では、神秘的なクレタ島出身者の祭壇背後の衝立《ついたて》だけしか、実際に評価されていなかったことを示している。

ようやく今日に至って、見物人たちは、うやうやしく讃嘆しながらその絵の前に折り重なるようになっている。だがそれは、信仰なき人びとであり、この篤信のギリシア人の、鋭い必死の叫びにも、少しもたじろがないのだ。

＊1　十六世紀前半に生まれ、後半に全ヨーロッパ的に普及した、尺度や遠近法をゆがめ、誇張する芸術技法。グレコはその代表的画家のひとりとされる。

La devocion

ゴヤ　または裏返しの人《エル・レベルソ》

マドリードのプラド美術館には、ゴヤの絵画が何十点かと、デッサンが何百か収蔵されている。そのほかにはなにもないとしても、ゴヤのために、マドリードは巡礼すべき偉大な場所である。

これほど広く、これほど鋭く深く、自分の時代をとらえ、その表と裏の両面を描いた画家は、彼の前にはいなかったし、後にもいない。

ゴヤは、リアリズムの人ではない。ゴヤは攻撃的であり、革命的である。ゴヤは、バルザックに輪をかけた、政治的アジテーターとも言うべき画家である。

彼のもっとも楽しい作品は——ゴブラン織りのタペストリーの図案だ。田舎の市《いち》、子供たち、貧しい人たち、田舎のダンス、傷ついた煉瓦《れんが》職人、大酒飲み、水差しを持つ娘たち、ぶどうの収穫、吹雪、芝居、民衆の結婚。人生そのもの、その喜びと苦難、遊びと悪の場面、まじめな情景と優雅な光景。

　これまで、いかなる画家の連作の中にも、これだけ民衆の生活を取り込んだものはなかった。彼の絵は、民謡のように、陽気なアラゴン地方の素朴なダンスのように、みごとなアンダルシア風ダンス曲《セギディーリャ》のように、鳴りわたる。それは、ロココ風のイメージであるが、すでに民衆化されている。特別なやさしさと喜びをもって描出されており、この恐るべき画家にしては意外だ。それが、彼の民衆に対する態度なのである。

　王室一家の肖像について——。カルロス四世は、でっぷりとして冷淡な表情をし、傲慢《ごうまん》で愚鈍な役人のようだ。マリア・ルイサ女王は、怒りに燃えた人を射るような目つきで、醜聞を生み、不貞をはたらくふしだらな女。彼らの家族は、魅力に乏しく、不遜で、反感を覚える。

　ゴヤの描いた王たちの肖像は、このようにいささか侮辱的に描かれる。ベラスケスはおもねらなかった。ゴヤは、陛下たちを正面からあざけっている。時代はフランス大革命の十年後であり、画家は儀礼抜きで王冠を清算している。

　だが、その二、三年後に、別の反乱〔いわゆるナポレオン戦争〕が生ずる。スペイン民族が、その牙と爪を用いて、必死にフランスの征服者に襲いかかる。

　ゴヤに、センセーショナルな絵が二つある——。ひとつはミュラ〔マドリードを占

GOYA

領したナポレオン軍の元帥）が率いた奴隷傭兵《マムルーク》に対するスペイン人たちの必死の攻撃、もうひとつは、スペイン人の反乱者たちの処刑。

画家たちの歴史において、これほど天才的で悲愴なルポルタージュは、存在しない。その際、ついでであるかのように、ゴヤは現代的な構成を実現した。その構成を、六十年経たのちに、マネがとらえた。

裸体のマハ《マハ・デスヌダ》。現代的な性の発現。これまでのいかなる絵画に描かれたものよりも生々しく性的な裸体。エロチックな虚構の極限。寓話的な裸体の極限。それはゴヤの手になる唯一のヌードだが、その中には、アカデミックな集団の何トン分の絵よりも、もっと多くの裸体の露出がある。

ゴヤの家の絵。その恐ろしい魔法使いと魔女たちの集会《サバト》で、画家は自分の家を飾った。それらはほとんど、画布に熱っぽくたたきつけられた黒と白の絵にすぎない。まるで、青い稲妻に照らされた地獄のようだ。魔女、異形《いぎよう》の者、化け物たち、蒙昧《もうまい》さと獣性におぼれた人間。

わたしが思うに、ゴヤはここで、人間を裏返しにして、その鼻の穴と裂けたのどの奥をのぞき込み、ゆがんだ鏡の中で、できそこないの醜悪さを研究しているかのようだ。じつに悪夢のようで、恐怖と抗議の叫びを表わしているようだ。

ゴヤはそれを楽しんだ、とはわたしは思わない。むしろ憤激しながらなにかを防いでいたのだろう。わたしは、このヒステリックな地獄から、カトリックの悪魔の角と、宗教裁判官のフードがのぞいているのを切実に感じた。

当時のスペインでは、憲法が廃棄され、聖務裁判所が改新された。そして内乱の痙《けい》攣《れん》発作から、狂熱的な群衆の後押しによって、黒く血なまぐさい専制的な反動政治が生まれた。ゴヤの恐怖の部屋は、反抗と憎悪にみちた嫌悪の叫びである。いかなる革命政治家も、世界に面と向かって、このように激烈な怨嗟《えんさ》の声をたたきつけはしなかった。

ゴヤのグラフィック作品。限界なきジャーナリストの連載小品集《フエイエトン》。マドリードの生活風景、民衆の祝祭と慣習、下層民《チユラス》と物乞いたち、生活そのもの、民衆そのもの。闘牛《ロス・トロス》――騎士道を具現する牛との闘い、その絵のような美しさ、血と残酷さ。宗教的異端審問、地獄のような教会の無言劇、狂暴で悪意にみちた悲愴な政治的パンフレット、戦争の災禍《デサストレス・デ・ラ・ゲツラ》、恐ろしい戦争の犯罪行為、永遠の証拠、その情熱的な率直さでそそがれる残忍な同情。『ロス・カプリーチョス』〔ゴヤの幻想的版画集〕、不幸な、化け物のような、幻想的な姿の人間に対する、ゴヤの粗野な笑いとむせび泣き。その姿は、不滅の霊魂を持つべく裁定された。

人びとよ、聞きたまえ、人びとよ、世界はいまだ、この偉大なる画家に対して、このもっとも現代的な画家に対して、正当な評価を与えていない。いまだにこの画家のことを認知していなかった。その荒々しい攻撃的な叫び、その鋭く悲愴な人間性。アカデミズムの片鱗《へんりん》もなく、芸術家の遊びごころもない。上からも裏側からも物を見、人間を見、人生を見、人間関係を見る。

聞きたまえ、このように現実的に見ることは、行動し、とっ組み合い、裁判し、決起することを意味する。マドリードには革命が存在する。フランシスコ・デ・ゴヤ・イ・ルシエンテスは、プラドにバリケードを築いているのだ。

その他の画家

わたしは、もはやなにを見ても感動を覚えることがない。ゴヤのあとでは、もはや明るかろうが暗かろうが巨匠と呼ばれようが、その前に驚いて立ちどまることはない。ところで、リベラ〔＊1〕は、暗くきびしいタッチの画家の一人である。わたしは、聖人と殉教者の名を与えられる彼の描く骨ばった老人と、ほっそりした男が好きだ。

しかし、ここに、もっと世俗的な巨匠がいる。半ばこの世にあり、半ばこの世を逃れて、僧衣のごとく黒く、アイロンのきいた法衣《ロシュトム》のごとく白い。その人は、スルバラン〔＊2〕である。その名は、彼の絵のように広く角ばっている。

彼は、生涯、修道士を描きつづけた。フォークのような、または乾き切った男たちであるが、いずれも堅い材木から彫刻されたようだ。それらには、たくましい修行のあと、真の男性的なきびしさ、修道士であることの理想の境地が、どのようなものかが見てとれる。その骨ばった構図と、とげとげしさの中に、その粗末な不精ひげの姿の中に、男らしさの賞讃を見たいと思うなら、将軍や王様の肖像画などではなく、名誉ある敬虔《けいけん》なスルバランの描く、偉大な修道士たちの肖像画をごらんになるとよい。そしてムリーリョ〔＊3〕をごらんになったあとには、アンダルシア地方の町セビーリャへおいでになるのが、いちばんよい。彼の端正さは、セビーリャの愛すべき優雅さであることがわかるだろう。彼の描く、やわらかくあたたかい光の中の聖母たちは、温和なセビーリャの女性そのもので、威厳があり、しかもやさしさをたたえた娘たちなのである。

この親愛なる画家ドン・エステバンは、アンダルシアの中に空を発見したことで、天空をも讃えた。彼は、トリアナかどこかの地区《バルリア》の、きれいな巻き毛の少年たちも描いた。

男の子たちの絵は、今日《こんにち》では美術館の世界全体に広がっているが、スペインの男の子たちは、今でも昔のままで、散歩道《パセオ》や広場《プラサ》のあらゆる場所で、昔と変わらぬ大きな叫び声をあげて、悪さをしている。そしてムリーリョの絵のような子供たちを捜し求めている外人が、クローズアップで写真を撮ろうとすると、ときの声を上げてそのまわりに押し寄せ、南方の子供たち特有の、恥を知らぬ伝統的な物乞いの態度で、ペセ

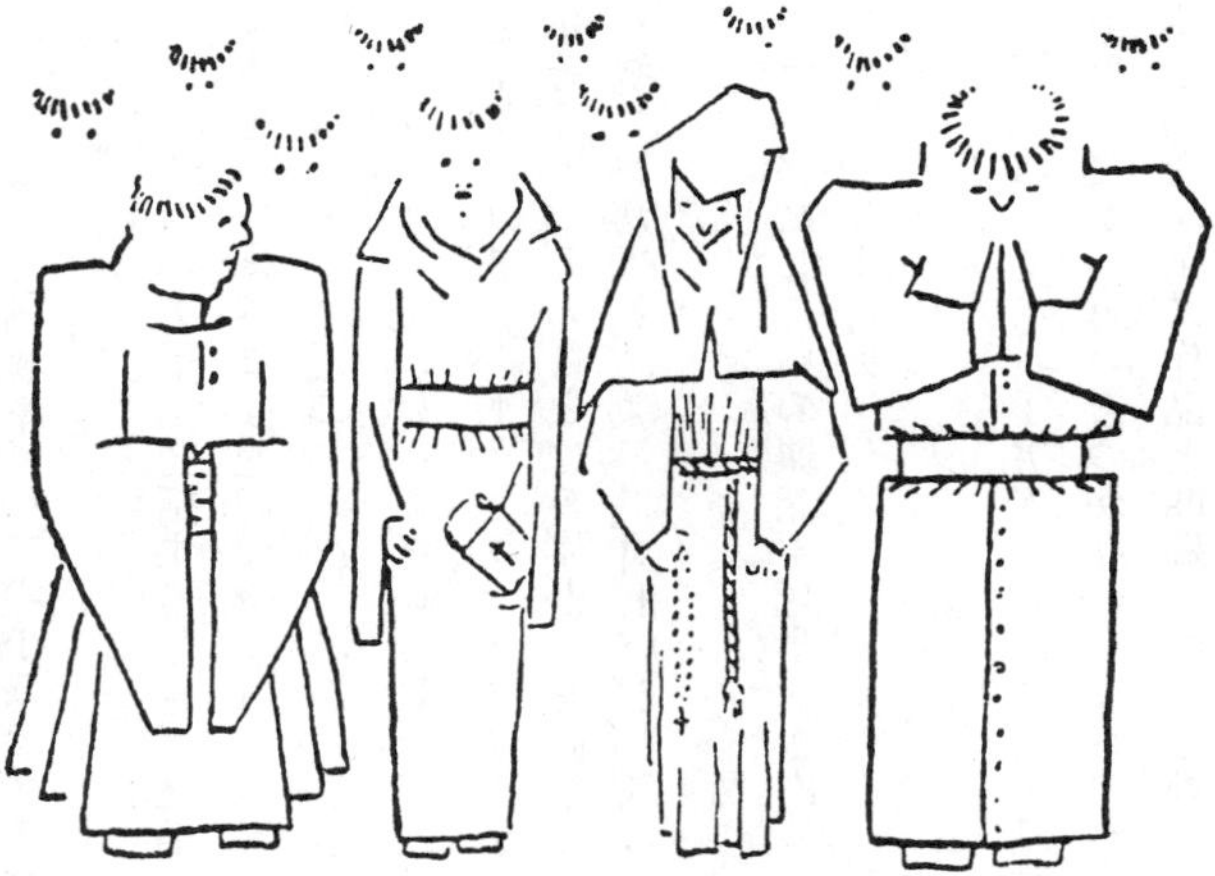

ZURBARAN ó os frailes

タやペロ〔いずれもスペインの貨幣単位〕の小銭をせがむ。

そして今や、スペインの芸術を総括するとき、蠟《ろう》細工のキリストと、拷問を受けて傷ついたその肉体を、さまざまな適切なやり方で示すクロームめっきの彫像を思い出すとき、腐敗臭の印象を呼び起こす墓を、怪物のような容赦なき肖像画を思い出すとき――天にましますます主よ、それはなんという蠟細工だろうか！

スペインの芸術は、人間の本性がどのようなものか、恐ろしくまじめに、ほとんど悲愴なまでに示そうと、そのことにみずからを賭《と》している。

ほら、ドン・キホーテだ！　ほら、国王だ！　ほら、不具者だ！　見よ、これぞ人間だ！

おそらくこれは、わたしたちの罪深く死すべき肉体の器の、カトリック的な否定なのだろう。おそらくこれは――。

ちょっと待って、ここで、ムーア人たちのことを話すことにする。わたしは、彼らがどんな芸術家だったたか、思いもつかない。彼らのタペストリー、彼らの魅力的な色彩、彼らの建築学的なレース作品と曲線、魔法と輝き、なんという洗練、なんという

MURILLO o los niños

熱烈な創造能力、なんという造形文化だろう！

だが、イスラム教の聖典《コーラン》は、人間を描くことを禁じた。人間の形に似せることも、人間の姿の偶像をつくることも、許されなかった。

その後、キリスト教徒がスペインを再征服したあとになって、ようやく十字架とともに人間の絵が持ち込まれた。おそらくそのときから、おそらくコーランの呪縛が解けたので、スペインの芸術は、それほどに切実に、時には恐ろしいほどに、人間の絵を受け入れたのだろう。

スペインは、これほどとびきりに絵心のある国なのに、十九世紀になるまで、風景画が描かれたことがまったくない。ただ人間の絵、十字架上の人間の、権力に立つ人間の、不具者である人間の、死んで腐りつつある人間の絵ばかりだ……。フランシスコ・デ・ゴヤ・イ・ルシエンテスの、黙示録的な民主主義が現われるまでは。

＊1　ホセ・デ・リベラ。十七世紀スペインの画家。
＊2　フランシスコ・デ・スルバラン。フェリペ四世（十七世紀）の宮廷画家。
＊3　バルトロメ・エステバン・ムリーリョ。十七世紀スペインの画家。

III

アンダルシア地方

正直に白状するが、列車の中で目をさまし、まず窓ごしに外を眺めたとき、わたしはきれいさっぱりと、どこにいるのか忘れていた。線路沿いには、なにか生け垣のようなものが見え、その背後に褐色で平らな野原が、そしてあちこちから、なにか細くてまばらに並んだ木々が、のぞいていた。

わたしは、スロヴァキアのブラチスラヴァとノヴェー・ザームキのあいだの鉄道線路のどこかにいる、と強く確信して、衣服をととのえ、顔を洗いはじめながら、「キスーツァ、キスーツァ」〔＊1〕や、その他のふさわしい民謡を、のどをふりしぼってうたっていた。

手持ちの民謡を一つ残らず歌いつくしたあとで、やっと気がついたが、わたしが生け垣だと思っていたのは、高さ二メートルもある団扇《うちわ》サボテンと、太ったアロエと、

小ぶりの棕櫚《しゅろ》の木々、おそらくカマエロプスの濃い茂みだった。そして、細くてばらばらになった木は棗椰子《なつめやし》だったし、あの褐色《かっしょく》の耕野は、どこから見てもアンダルシアであった。

ごらんなさい、あなたよ。もしあなたが耕された〔アルゼンチンの〕大草原パンパを、またはオーストラリアのトウモロコシ畑を、カナダのライ麦畑を、またはどこかわからぬところを列車で旅するとしたら、チェコのコリーンの町のあたりか、モラヴィアのブジェツラフのあたりを想像するとよいだろう。

自然は限りなく多種多様だ。そして人間に関するかぎりは、髪の毛と、言葉と、何千もの生活習慣によって区別される。しかし農民の仕事は、どこへ行っても同じで、大地の顔を、同じように平らで規則的なうねの列にととのえている。

家々は異なり、教会も異なる。それどころか、電信柱さえも国によって異なる。ただ、耕された畑だけは、どこへ行っても、チェコのパルドゥビツェでも、スペインのセビーリャでも、まったく同じである。その中には、なにか偉大なものと、一面的なものが少しばかり存在する。

だが、お知らせするが、アンダルシアの農民は、わが国の農民のように足どり重く、大股で歩いて行かない。アンダルシアの農民は、ろばにまたがって行く。その姿は、とても聖書的で、おもしろく見える。

＊1　キスーツァはスロヴァキア西北部の川の名。

セビーリャの街路

アルハラフェの名酒でもなんでも、お望みのものを一本賭けてもよいが、ガイドも、ジャーナリストも、それどころか旅行中の娘さんでも誰でも、セビーリャの町のことを、「ほほえんでいる」という言葉以外では呼んでいない。いくつかのキャッチフレーズや形容詞は、恐ろしい、そして挑発的な、これぞ真理というような性質を持っている。あなたがたは、そのことでわたしを見下したり、わたしのことをキッチュな芸術家でろくでなしのおしゃべり野郎だ、と悪口を言ったりしてもよい。

だが、セビーリャは、ほほえんでいるのだ。このことは、どうしようもない。つまり、ほかの呼び方はできないのである。セビーリャは、ひたすらほほえんでいる。目とくちびるのはしにも、なにか陽気でやさしいものが遊んでいる。

たとえば、ただこんなことだけだが、そこの街路はとても狭く、白くて清潔で、まるで毎週土曜日に、新しく白く塗り変えられているかのようだ。そしてどの窓からも、どの鉄格子からも、花が、ゼラニウムや、フクシア〔赤花《あかばな》の仲間〕や、小さな棕櫚《しゅろ》や、花をつけたりちぢれたりしている植物が、顔を出している。

ここにはまだ、はるかな昔から、屋根から屋根へと張られた帆布が、まるで青いナイフのような紺碧の空で切り裂かれたようにして残っている。だから、街路をぶらついているのではなく、訪ねて行った家の、花で飾られた廊下を歩いているような感じである。

おそらく、あそこの角で誰かが手を振り、「わが家へおいでくださって、うれしく思います」とか「ケ・タル（ご機嫌いかが）」とか、なにかそれと似たようなほほえましいことを言っているのだ。

この町は、まるで家の中のように清潔で、花と料理に使うオイルが香り、鉄格子の門の一つひとつは、パティオと呼ばれる小さな楽園に通じ、ここにまたマジョリカの天蓋《てんがい》と、まるで、大きな縁日ででもあるかのように装飾の多い入口を持った教会があり、それらすべての上に、明るい尖塔《せんとう》ヒラルダ〔風見の塔〕が浮かんでいる。

狭くて曲がりくねった路は、蛇通《シエルペス》りという名だが、それは、蛇のようにうねってい

るからだ。このあたりには、セビーリャの生活が、ぎっしりと、ゆっくりと流れている。クラブやバー、レースや花模様の絹でいっぱいの店、明るいアンダルシアのソンブレロをかぶった男たち。

そう言えば、車で通ってはいけない街路がある。なぜなら、ここにはあまりにも大勢の人たちがいて、ワインを飲み、語り合い、買い物をし、笑い合い、そしてさまざまな格好で、なにもしていないのだから。

それからそこでは、大聖堂が古い居住地区に、家とパティオの間に入り込んで成長し、どこから見てもその一部しか見えない。死すべき人間の目でそのすべてを見るには、あまりにも大きくなりすぎたかのようだ。

さらにまた、ファヤンス焼の小さな教会があり、明るく優雅なファサードのある宮殿、アーケードやバルコニーや、鋳鉄製《ちゅうてつせい》の格子、城の胸壁に似た壁があり、その後方には、棕櫚と広い葉の芭蕉《ばしょう》がもたれかかっている。つねになにかが、つねになにかきれいなものが、心地よい一角があり、それはけっして忘れたくないものである。

そこで、白い静かな、修道院の修道尼の個室のような小さな広場の、木の十字架を思い出したまえ。このうえなく狭い小路と、世界でもっとも美しい小広場の、心地よく平和な地区《バルリア》――。

そうだ、そうだった。夜のとばりがおりると、町の通りの子供たちは、手まわしオルガンに合わせて、天使のようにセビーリャのダンスを踊った。近所には、ムリーリョの家がある――神よ、わたしがこの地に住んでいるとしたら、やさしく楽しいこと以外にはなにも書けないことでしょう。

そこには、この世でもっとも美しい場所、プラサ・デ・ドーニャ・エルビラ、または、プラサ・デ・サンタ・クルスと呼ばれる広場がある。

いや、それは二つの別の場所で、わたしはもはや、どちらのほうが美しいかわからない。美しさと疲労のために泣きだしたとしても、恥ずかしいとは思わない。黄色と赤のファサードと、まん中にある緑の庭園。ファヤンス焼のタイルと、柘植《つげ》と銀梅花《ぎんばいか》、子供たちと夾竹桃《きょうちくとう》の庭園、鋳鉄の十字架と夕べの鐘の響き。

わたしは、こうしたもろもろのまん中にあって、まったくその場にそぐわず、みじめにもひとりごとを言っていた――これはこれは、ほんとうにこれは夢の中か、おとぎ話のようだ！

今やもう、人はなにも口に出さず、美を高める美に身をゆだねる。たしかに、人間も気高く若くなるにちがいない。とても美しい声になり、マンティーリャ姿の美しい娘を求めて、燃え上がるにちがいない。それ以上は、もはや必要ない。美はそれだけ

で満足させるものだ。

だが、美にはさまざまな種類がある。中でも、セビーリャの優雅さは、とくに楽しく、甘く、親しみ深く、愛らしい。それは胸に十字架をつけた女性のごとく、しっとりとして、銀梅花と煙草《たばこ》の香りがし、端然として味わい深い安楽の中にくつろいでいる。

まるで街路や広場などではなく、満足げな人びとの家の中の廊下か、中庭《パテイオ》のようだ。ほとんど足音をしのばせて歩くのだが、「何がお望みですか、無遠慮なあなた」などとは、誰もたずねはしない。

（そこには、褐色《かっしょく》で大きな、豊かに金銀をちりばめたバロックの宮殿が一つある。最初は王様の居城だと思ったのだが、じつは国営の煙草工場で、まさにあのカルメンが煙草を巻いていたところだ。今日《こんにち》ではそこに、多数のカルメンが採用されていて、耳のうしろに夾竹桃の花をはさみ、トリアナ宮殿に住んでおり、そこにドン・ホセが、三角帽子をかぶった警官として立っている。そしてスペインの煙草は、今でもひどくきつくて黒いが、それは明らかに、あのトリアナの黒い娘たちのせいである）。

格子窓《レハス》と中庭《パティオス》

さて、セビーリャの街路が、家の中の廊下や、中庭のように見えるとすれば、人の住み家の窓は、壁にかかる鳥籠だ。想像してほしいが、窓にはさまざまな格子がはめられて、外に突き出ている。それらの窓はレハスと呼ばれ、時には鍛冶屋の手で、螺《ら》旋《せん》状に、扇状に、そしてありとあらゆる巻き方や十字型の棒状に、とてもみごとに細工されているので、たしかに、その下でセレナードを歌うのには適しているだろう。

そのセレナードは、彼女の黒い瞳《ススオヒトス・ネグロス》についてわたしの悲しい心《トリステ・コラソン》についての歌（ブルンブルン、ブルン、ブルンというギターの伴奏つき）である。オイガ・ニーニャ（聞いてくれ、いとしい女《ひと》よ）――。

パラ・カンタルテ・ミス・ペナス

アゴ・アーアブラル・ミ・ギタラ、
シ・ノ・エンティエンデス・ロ・ケ・ディケーエ
ノ・ディガス・ケ・ティエネス・アルマ　ブルン
（わたしの悩みを歌うため
わたしはギターをかき鳴らす。
その物語がわからぬならば
情《なさけ》ありとは言うなかれ　ブルン）

そんな格子窓の背後にいる高貴な鳥のようであるなら、そんな娘をどのようにしたら獲得できるか、考えも及ばない。

鋳鉄製の格子は、全体的に、スペインの国民的芸術のように思われる。わたしは、教会の鉄格子に似たようなものを、言葉で打ち鍛え捻《ね》じり上げようとは、けっしてしないだろう。世俗的な鉄格子について言えば、ドアのかわりにきれいな鉄格子が、それぞれの家の入口になり、鉄格子ごしに窓がのぞき、鉄格子付きのバルコニーから、花ざかりのつる植物が垂れ下がっている。

その結果、セビーリャの町全体が、女性のハーレムのように、鳥籠のように見える。

またはいや、ちょっと待って——ぴんと張られた弦のように見え、その弦上をふるわせ魅了するやさしい伴奏を、あなたはその目でかなでる。

セビーリャの鉄格子、それは閉じ込める鉄格子ではなく、枠《わく》を作っているのだ。それは装飾的な枠で、家への眺めを開いている。

ああ、みなさん、セビーリャのパティオへの愛らしい眺め、ファヤンス焼のタイルを敷いた白い玄関の間《ま》への、花と棕櫚《しゅろ》がならべられている開放的なパティオへの、人間の家族のちっちゃな楽園への愛らしい眺め！

La reja

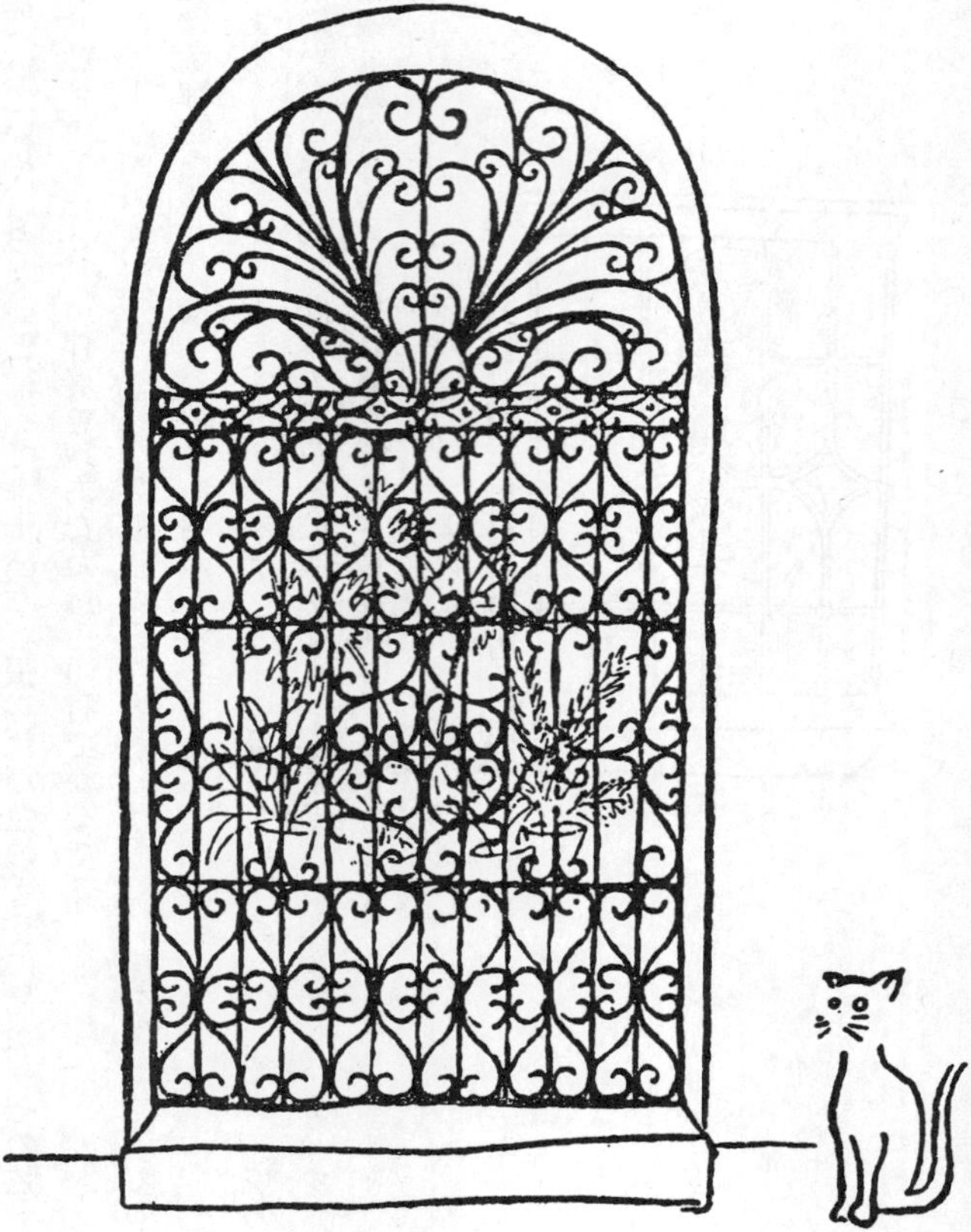

家から家へと、あなたがたに、それぞれのパティオの影の涼しさが息づく。いちばん貧しい家であっても、そこには少なくとも、煉瓦《れんが》敷きの上に鉢植えの緑の小さなジャングルがしつらえられている。それは、葉蘭《はらん》や夾竹桃《きようちくとう》、銀梅花《ぎんばいか》やヴェロニカ、竜血樹《りゆうけつじゆ》の若木、その他のなにか安価で楽園的な植物である。

さらに壁には、紫露草、アスパラガス、コルディリネと黍《きび》の仲間、それに鳥籠がかかり、パティオでは藁《わら》づくりのひじ掛け椅子に座って、一人の老婆が体を休めている。

そして、心地よいアーケードに囲まれ、マジョリカ焼のタイルを敷きつめたパティオがあり、そこではファヤンス焼の陶製の噴水が音を立て、ラタニアとカメオロプスがその扇のような葉をひろげ、芭蕉《ばしよう》と棕櫚《しゆろ》とケンティエとフェニックスの長い葉がアーチをつくり、その下にはびっしりと、フィロデンドロン、八手《やつで》、君子蘭《くんしらん》、ユッカ、錦木《にしきぎ》、さらに羊歯《しだ》、メセンブリアンテマ、ベゴニアとカメリアその他の、巻き毛のような、羽のような、サーベルのような、失楽園の豊かな葉の茂りがある。

さらにそのすべてが、手のひらのように小さな中庭に、植木鉢に植えられて並べられ、きれいな鉄格子ごしにそのパティオをのぞき込むと、どの庭もまるで宮殿のように見えて、あなたを驚かす。それは楽園を思い出させ、しかも、それが家庭を意味するのだ。

家庭と家族。世界じゅうどこへ行っても、家と住居は存在する。だがヨーロッパの両端で、人間たちは、家庭を特別に十分な、伝統的で詩的な意味で確立させた。その場所の一つは古いイギリスで、茂った蔦《つた》におおわれ、暖炉と安楽椅子と書物がある。そしてもう一つの場所はスペインで、美しく格子のはまった窓から女性の王国を、家族の生活を、家庭の花咲く中心をのぞかせる。その燃えるような、うららかな国は、家族の暖炉を持たない。家族のパティオを持ち、そこでは神のような人びとを通じて、彼らの休息を、その子供たちを、その日々の祝祭を見る。

わたしは賭けてもいいが、この地で女性であるのは、よいことだ。なぜならこの地では、女性は、棕櫚と月桂樹と銀梅花の輝きに包まれ、家庭のパティオの大きな栄誉と高貴さによって、最高の冠を与えられているからだ。

わたしは確信するが、家庭を美しくすることは、女性に特別に与えられた強力な名誉だ。それは女性の秩序を宣言し、女性の権威を讃え、女性の玉座を取り巻くものである。

とは言っても、あなたのことじゃない、目の大きな娘さん《ムチヤーチヤ》よ、あなたの母さん、年老いてひげを生やし、藁のひじ掛け椅子で休んでいる女の人のことだ。その人の名誉を讃えて、わたしはこれを書いている。

風見《ヒラルダ》の塔

風見《ヒラルダ》の塔は、まぎれもなくセビーリャのシンボルである。とても高くそびえているので、どこからでも見える。

世界をさまよっていたなら、そして家々の屋根の上方高くに風見の塔があるのに気づいたなら、そう、あなたはセビーリャの町にいるのだと知りたまえ。そしてそのことを、良き守護神とすべての聖人に感謝したまえ。

この風見の塔は、キリスト教的な鐘のついたムーア風の光塔である。それはすべてアラブ式の装飾美に包まれているかと思うと、上方には神像があり、一方、下方はローマ式と西ゴート式の衣裳をまとっている。それはまるでスペイン全体についてと同様に見える。ローマ風の基礎に、ムーア風のぜいたくさ、そしてカトリックの主題。

ローマはこの地に、自身の都市文明をほんのわずかしか残さなかったが、ここには

もっと永続的なものが残っていた。ラテンの農民のもの、つまりラテン語である。その地方的なラテンの田舎に、高度に培養された、ぜいたくな、ほとんどデカダンなムーア文化が割り込んだ。それは、それなりのやり方で逆説的な文化であるが、その最高に洗練された中にも、流浪の民の性格を維持している。

ムーア人が城や宮殿を建てたところには、本来の幕舎の住人の痕跡が残されている。ムーア式のパティオは、心地よいオアシスを想像させるものであり、現在のスペイン式の中庭にふつふつと湧く噴水は、今日《こんにち》まで、冷たい水の湧く泉を求める沙漠での夢をみたしつづけている。植木鉢は、持ち運べる庭である。

幕舎の住人は、自分の家と自分のぜいたく品のすべてを、ろばの背に積めるよう、包みにまとめる。そのため、家は織物で作られており、ぜいたく品というのは、こまかな金銀細工である。

幕舎は、彼の城である。それには、さまざまな名誉と、目をひく展示品がちりばめられている。だがそれは、背中に乗せて運べる展示品である。山羊や牡羊の毛で織られ、刺繡され、結びつけられたものである。

流浪の民の宮殿は、色彩豊かな毛糸でできている。そしてムーア風の建築は、織物の持つ繊細な美しさと平面性を維持している。しかもこのようなムーア人が、レースのようなアーチと刺繡された天井と、装飾品につつまれた壁を作っている。

風見の塔を包んでろばどもの背に乗せて運ぶことはできなくとも、両足を組んで座ったまま、塔を織りあげ縫いあげるかのように、その壁をカーペットの模様と繊細な織物で包んでいる。ラテンの農民が西ゴートの騎士とともに、剣と十字架でオリエントの魔法使いを追い払ったとき、彼らはこの豊かな織物の夢をけっして奪い取りはしなかった。

ゴシックのフランボワイヤン様式、ルネッサンスのプラテレスコ様式、バロックのチュリゲーラ様式、それはまさに建築上の宝飾細工と刺繡、金銀細工とレース刺繡そのものであり、それが石の壁を包んで夢のようにおおい、その壁を魅力的な、きらりと光る帳《とばり》に変えている。

民族は滅び去ったが、その文化はいまだに生きている。このもっともカトリック的な国は、ムーア的であることをけっして中断しなかった。そのすべて、そして他の多くのものを、あなたはセビーリャの風見の塔の中で、自分の目で見ることができるだろう。

風見の塔からは、セビーリャ全体が見わたせる。白くて明るくて、目が痛いくらいだ。町は平べったいパンタイル〔断面がS型の瓦〕の屋根が波のようにばら色に染ま

La Catedral

り、ファヤンス焼のキューポラ、鐘楼と胸壁、棕櫚《しゅろ》の木と糸杉が織りまぜられている。

すぐ下には、巨大な、ほとんど化け物のような教会の屋根があり、柱、小尖塔《せんとう》、支えとなるアーチ、リブ〔迫持《せりもち》の力骨〕と小さな塔が噴出し、周囲一面見わたすかぎり、緑と金色のアンダルシアの平野が開け、人びとが住む小さな家が白くきらめく。

だが、目がよければ、もっと多くのものが見える。パティオの床の上にいる家族、バルコニーやテラスや平らな屋根の上、あらゆるところに、なにか例の植木鉢が置かれている庭園、そして、草花に水をやったり、白っぽいしっくいで自宅の白い小さな煉瓦を塗っている女たち。まるでその生活は、自分の美しさ以外にはなにも考えていないかのようだ。

さて、もはや目の前に町全体を見たからには、巨匠の手になる有名なさまざまな作品によって、とく

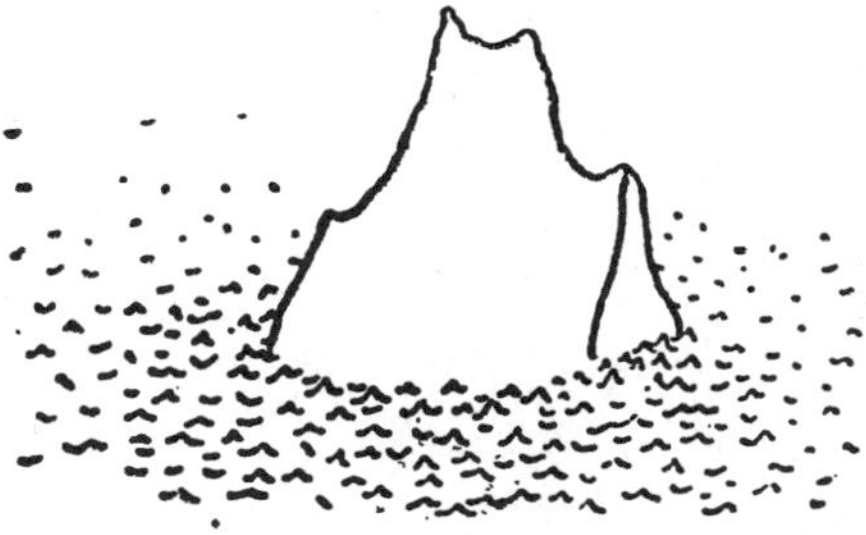

に尊重すべき装飾にみちた二つの場所への巡礼を試みよう。

最初の場所は、大聖堂である。正真正銘の大聖堂は、二重の機能を持っている。まず、それは非常に大きいので、人間の住まいとのすべてのつながりを絶っている。人間の住まいのまったただ中に、羊の群れの中の聖なる象のように、孤独で異質で、人間の雑踏から抜け出てそそり立つ、神の断崖のような姿である。

それから、聖堂内に足を踏み入れるとすぐにわかるが、それは町の中腹にある一つの巨大で自由な空間で、天幕市場よりも、広場よりも、大きな規模である。あのせせこましい街路や中庭や家庭生活の部屋から、この中へ入り込むのは、まるで山の頂上に一歩をしるすようなものだ。その円天井と柱は、空間を閉じているのではなく、拘束された広がりを解き放ち、中世の都市の圧迫に、大きく高い間隙《かんげき》を穿《うが》っている。

ここで息をつけ、魂よ。神の御名において、自由に楽に、ひと息つきたまえ。

だが、その内部に何があるかは、今は語らぬことにする。雪花石膏《アラバスター》の祭壇と、無限の鉄格子、コロンブスの墓、ムリーリョと彫刻、黄金と象嵌《ぞうがん》細工、大理石とバロックと祭壇背後の衝立《ついたて》と説教壇、そのほか、さらに多くのカトリック関係のものがあるが、わたしは見もしなかった。

なぜなら、わたしはそれらすべての上にあるものを、すなわち神の大西洋横断航海用の、大きな垂直にそそり立つ船五隻を、このきらめくセビーリャを回遊する高貴な船団を見ていたからだ。両わきいっぱいに積まれた芸術と礼拝のすべてにもかかわらず、そこにはまだ、大きすぎるほどの自由で神聖な空間が存在している。

二番目の場所は、アユンタミエント、すなわち、市庁舎である。セビーリャのそれは、外壁全体にレリーフと蛇腹《じゃばら》、花綱《はなづな》模様と円形模様、列柱、女人像柱、紋章とマスクがちりばめられている。

内部は、天井から下まで、彫刻と天蓋《てんがい》、金めっき、ファヤンス陶器、スタッコ、あらゆるギルドの親方たちが考え出した、さまざまな装飾物がしつらえられている。それはけばけばしくはあるが、素朴で、そんな住民の共同体が関心を持っていたようすを示している。なにか、トランプのハートの王様かダイヤの王様の、人のよさそうな威張り方を思い出させる。

このような古い市庁舎は、いつもわたしに、その共同体の栄誉とすばらしさの宣言の強調という印象を与える。わたしが言いたいのは、それらの中に、古い都市の民主主義が、自分自身の玉座を建設し、その玉座を祭壇のように飾り立てたことである。それは、まるで王様の住居のようだ。

そこでおわかりだろうが、今日の民主主義をなにかの宮殿になぞらえることができるなら、それは銀行かデパートである。それほど進歩していなかった時代には、教会と市庁舎がその役目を果たしていたのである。

王宮《アルカサル》

王宮《アルカサル》の外壁は、むき出しの切り石で作られて、中世的な景観を呈している。しかし内部は、ムーア風の城といったおもむきで、コーランの詩句が書かれ、足もとから切妻《きりづま》まで、ありとあらゆる珍奇なオリエント風のしかけや魔法がちりばめられている。

ご承知おきいただきたいが、この『千夜一夜物語』の城は、キリスト教徒の王のために、ムーア人の建築家が建てたのだ。

一二四八年と記録されているが、（歴史小説のスタイルを借りて述べれば）その年、キリスト教徒のフェルナンド三世聖王は、聖クレメントの記念日〔十一月二十三日〕に、新たに占領せる、ムーア人の支配下にあったセビーリャに進駐してきた。

だが、このキリスト教徒に成功をもたらしたかげには、グラナダのスルタン〔イスラム教の君主〕だったイブン・アル・アハマルという人物がいて、手を貸していた。

そのことから明らかなのは、宗教がつねに政治と契約を結んでいることである。その後、キリスト教の王は、確実に宗教的文化的理由で地獄に登録されていたムスリム人たちを、三十万人もセビーリャから追放した。しかし、その後もなお、まるまる三百年も、ムーア人の親方たちは、キリスト教の王や郷士《イダルゴ》たちのために、館を建て、その壁に自分たちの、コーランからとった巧緻《こうち》な装飾用のクーファ体〔アラビア文字の原典の書体〕の文字を書きつけたのだ。それは、何百年にもわたるキリスト教徒とムーア人との闘争に、奇妙なおぼろげな光を投げかけている。

ここでわたしが、アルカサルのパティオ、広間、部屋を言葉で描写しなければならないとしたら、ためしに、壁職人の要領で書いてみたい。

まず第一に、石とマジョリカ焼、スタッコ、大理石や貴重な材木のような材料を、そしてさまざまな様式のモルタルの混合用に、もっとも美しい言葉を山のように運び込むだろう。それから、壁に沿って、下から、ファヤンス焼のタイルの床からはじめる。その床の上に細い大理石の列柱を建て、その足元と頭部に注目する。しかし、次のものには、さらに特別な注意を払いたい。すばらしく美しいマジョリカ焼のタイル張りの壁。レースのようなスタッコでおおわれ、やわらかくきらっと光るさまざまな多色画法で彩色された、窓やアーケードや透かし細工や柱廊や二連アーチ窓《アヒメス》や画廊。

それらは、馬蹄《ばてい》形、破弧形、円形、そして耳たぶのような形になり、気品のある秩序で並べられる。

つぎに、それらすべての上に、わたしは円天井とイスラム風の鍾乳《しょうにゅう》飾りの天井、スタッコのレースとネット、星模様、枠模様、ファヤンス、黄金、魅力的な色彩と彫刻を架するだろうが、こうした作業すべてをなしとげてしまったら、わたしは自分の粗雑さとたたき大工的な仕事を恥じるだろう。そのようにしか、その様子を描写できないのだから。むしろ、万華鏡を手にとってのぞき、それをぐるぐると回して、果てしなく転換する幾何学模様に目を回してみるとよい。さざ波をたてる水の流れを、わけがわからなくなるまで見つめるとよい。全世界を、無限に変化し多様化する絵に変えてしまうまで、麻薬ハシシュを飲んでみるとよい。

それに、酔わせるような、幻覚的な、オパールのように光り輝く、恍惚《こうこつ》とさせるすべてのもの、感覚にヴェールをかけておぼろげにさせるすべてのもの、レースやブロケード織り、金銀細工や宝石、『千夜一夜物語』のアリ・ババの財宝、高価な織物、鍾乳飾りのついたドームと、純粋な夢に似たものすべてを、つけ加えたまえ。そしてこの、刻々と色を変える、幻想的な、ほとんど狂ったようなすべてのものを、一度に、無限に優雅で愛すべき、そしてきびしい秩序で、静かで瞑想《めいそう》的な正確さで、一種の夢

想的で賢明な自制で、髪をなでつけるようにそろえたまえ。
それは、これらのおとぎ話のような財宝を、ほとんど非物質的で非現実的な表面に広げ、軽やかなアーケードの上に漂わせる。筆舌に尽くしがたいそのぜいたくさは、そのように自身の表面で非物質化されるので、ほとんどもはや壁に投影される幻影にすぎないようになる。

この不思議なムーア人たちの遺産に対して、わたしたちヨーロッパ人の芸術は、なんと物質的で、粗野で、重くて、視覚的と言うよりむしろ触覚的であることか。わたしたちは、気に入ったものを両手でつかみ、手でさぐろうとする。わたしたちはそれを、まるで自分の持ち物であるかのように、強く乱暴に手でさぐる。

神ぞ知る、どのような超然性が、どのように恐ろしいオリエント的な精神性が、ムーア人の建築家を、このような純粋に視覚的な魔法に、この夢のような非物質的な、レースときらめきと透かし細工と万華鏡的な絵で構成される建築物にみちびいたのか。この純粋に世俗的で、肉感的で、快楽をそそる芸術が、物質そのものを破壊し、それを魔法のヴェールに変化させたのだ。

その人生とは夢である。そしてもはや、ヨーロッパ人であるラテンの農夫とローマのキリスト教徒が、このあまりにも洗練された、装飾に富む人種を一掃しなければな

らなかったことを、人は理解する。ヨーロッパの物質性と悲劇性は、もっとも高貴な文化の一つが持つ、精神化された肉感主義を重く評価すべきだった。

その他、ごく短く言えば、ヨーロッパの建物とムデハルの建築術〔*1〕との差は、つぎの点にある——。

すなわち、ヨーロッパ的なゴシックは、いやバロックも、立ったりまたはひざまずいたりする見物人たちのための建物であり、一方、ムーア人の建築は明らかに精神的な奢侈《しゃし》逸楽《いつらく》を求める人たちのために建てられた。その人たちは、あおむけに寝ながら、魅惑的なアーチ、天井、帯状装飾、さらに限りないアラベスクの装飾模様を見て楽しむ。つまり、尽きることなく夢想にふけるという目的のために、装飾は頭上にほどこされているのだ。

そしてだしぬけに、この幻想的な、出入りのある壁に囲まれた心地よい場所に、白い鳩の一団が降りてくる。ここで、じつに驚きをもって、この魔術的な建築学上の秩序の真の意味が意識される。それは、絶対的な抒情詩なのである。

*1　レコンキスタの後、ムーアの建築様式とキリスト教の建築様式が融合してできた、スペインの建築スタイル。

庭園《ハルディネス》

王宮《アルカサル》の庭園《ハルディネス》は、スペイン風庭園の典型ともいうべき様式を呈している。ただし、そこにしかないものがいろいろある。

たとえば、キリスト教徒のペドロ一世残酷王の愛人マリア・ド・パディーリャのバーニョス、つまり、宝石に飾られた浴室がある。噂によれば、当時の宮廷のならわしとして、そこに仕える騎士たちは、彼女の浴槽の水を飲むことを強要されたという。だが、わたしはその話を信じない。セビーリャの紳士が水を飲むのは、ほとんど見たことがないのだから。

さて、そんなスペインの庭園がどのように見えるか、思い出して描いてみようとした。だが、一枚の紙には入りきらないので、三回に分けて描かざるを得なかった。

一　スペインの庭園を構成するものは、まず、糸杉、刈り込まれた柘植《つげ》、銀梅花《ぎんばいか》、鳥《とり》嘴《はし》、月桂樹、柊《ひいらぎ》、忍冬《すいかずら》、がまずみ、そしてさまざまに形をととのえられた灌木《かんぼく》の茂み、ピラミッド型や円球型の茂みである。

それらがここで刈り込まれ、結びつけられ、整形されて、垣根仕立て、小道や回遊路、天蓋《てんがい》やアーチ、緑の囲いや、低い壁、飾り枠、仕切り、窓、ゲートや迷路、そして古風できびしい造園学派の、巧妙で幾何学的な建築をささえている。この陽光にみちた園で、それは実際には植物の園ではなく、影の園なのだ、ということがよくわかる。

二　二番目にスペインの庭園を構成するものは、まず、敷石、煉瓦《れんが》と彩色、マジョリカ焼の階段、ファヤンス焼の低い壁と、円盤と、ベンチ。さらに、マジョリカ焼の水盤と、泉と、水槽、滝、噴水、そして、さらさらと音立てて流れる水。ファヤンス焼のパヴィリオン、あずまや、パーゴラ、そして欄干《らんかん》。

その際、前述のあのマジョリカ焼は、このうえなく美しく、黒と白のチェック模様、網模様、縞模様が描かれたり、黄土色や藍色やヴェネツィア風の赤色で彩色されたりしている。

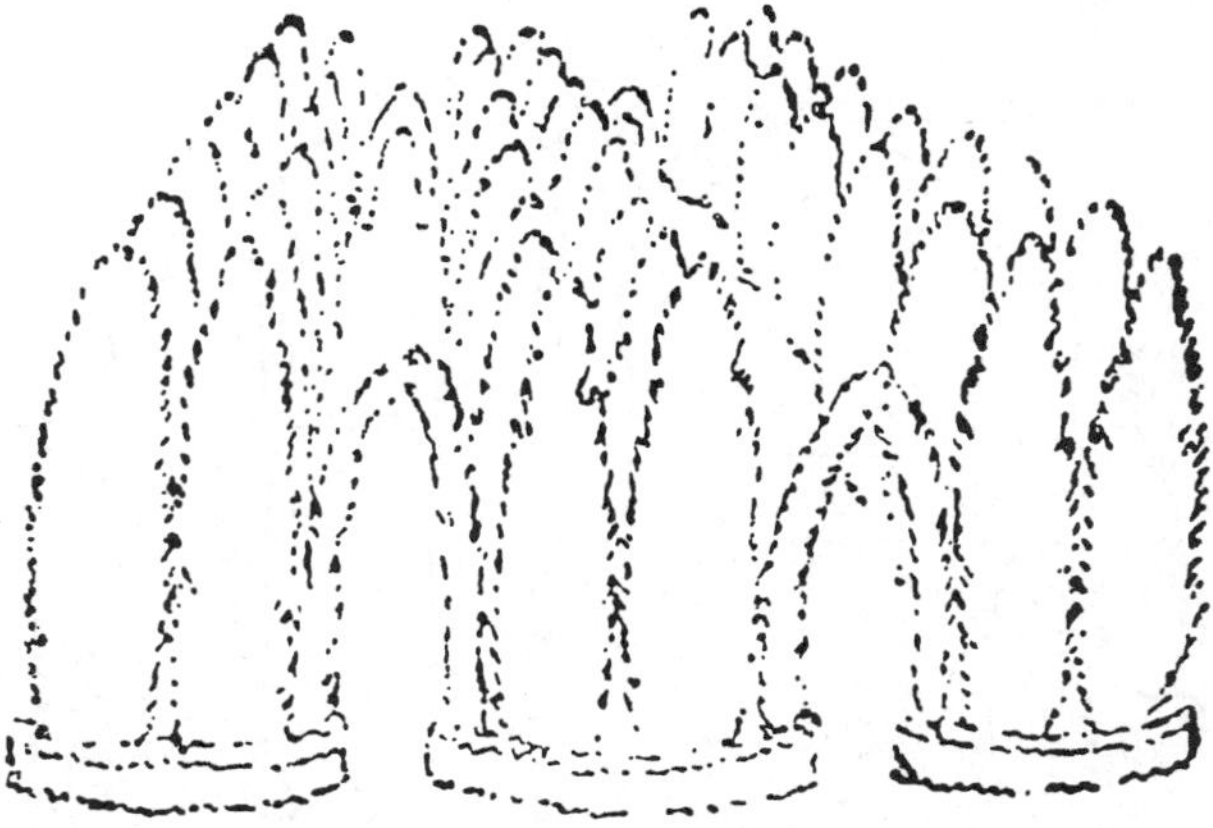

そのファヤンス焼の世界には、植木鉢がいっぱいに置かれている。カメリア、ゴム、アゼリア、アブチロン、ベゴニアとコレウス、菊とアスターの鉢。小道全体に、きれいに焼かれた植木鉢が並べられている。さらに、地面も、泉の縁《ふち》も、テラスも、階段も、植木鉢だらけだ。

三

三番目にスペインの庭園を構成するものは、まず、たいそう豊かな植物のジャングル、つまり熱帯性の植物で、まず目立つのは、椰子《やし》、柏槙《びゃくしん》の仲間、プラタナスである。

そしてその下にあるのは、ブーゲンビリアや、クレマチス、馬の鈴草、釣鐘《つりがね》かずらなどのつる性植物。

さらに、三色昼顔《さんしきひるがお》とよく似た花を持つ、ここでは「カンパニーリャ」と呼ばれる大きな葉の匍匐《ほふく》性植物。朝鮮朝顔のような花を持つ、同じく「カンパニーリャ」と言われるほかの匍匐性植物。

さらに、巨大なクレマチスのような花を持つ、同様に「カンパニーリャ」という名の攀縁《はんえん》植物。

さらに、竜血樹《りゅうけつじゅ》と棗椰子《なつめやし》、カメロプス、アカシア、フェニックス、そして、なんとしたものか、そのすべてがなんという名なのか、どうすればわかるのか！　それらがどんな葉をもっているか、わかってもらえたら！

光沢があり、表面が固い、駝鳥《だちょう》の羽のような形の、広刃の剣のようにむき出しで、軍旗のようにひるがえる葉。人類最初の女性イヴが、これらの葉のどれかで身を装ったとしたら、それは羞恥心《しゅうちしん》からではなく、人に見せつけようという気持ちとぜいたくさからだった、とわたしは申しあげる。この楽園のような原始林の中には、小さな花や草のための場所はない。ここでは草は、ただ、植木鉢の中で育てられるのである。

以上の三つを、三枚の絵に描いてお見せしたが、現実には、これらはすべて一斉に成長するので、それは、もちろん描きようがない。

スペインの庭園は、同時に刈り込まれた造園建築で、ファヤンス焼の噴水、テラス、円盤、階段で多様化され、植木鉢がいっぱいに置かれ、椰子のジャングルとつる性植物でみたされている。そしてそのすべてが、時には噴水と水流が織りまぜられた、ひと握りの土の中に、すっぽりとはまっている。

わたしは生まれてこのかた、スペインの庭園のように、こんなに驚くほど集中的で

強調された庭園は見たことがなかった。イギリスの公園《パーク》は、高貴な地域だ。スペインの庭園は、人工の楽園である。フランスの公園《パルク》は、記念碑的な建築物だ。スペインの庭園は、親しみのある夢の世界だ。鬱蒼《うっそう》として、水がさらさら流れ、ひんやりとしたマジョリカ焼がしつらえられ、熱帯の葉が茂り、芳香に酔う、この心地よい一角では、わたしたちとは別の、もっと肉感的な民族の静かな足音が、今でも聞こえる。たとえムーア人たちが、ここから去って行ったとしても。

IV

スペイン女性の美　マンティーリャス

以下に書くことはすべて、言ってみれば、セビーリャの女性たちの名誉を重んじ、ほめたたえるためである。

セビーリャの女性は、繊細で、肌はあさ黒く、黒髪で、なめらかに動く黒い目をし、多くは黒い服を着ている。昔、騎士がその抒情詩の中でうたったように、たおやかな手と足を持ち、まるで、今まさに教会へ懺悔《ざんげ》に出かけようとするかのようだ。それは敬虔《けいけん》で、いささか罪を感じさせる。

だが、女性たちに特別な栄光と権威を与えているものは、まずはペイネタ、つまり螺鈿《らでん》細工の飾り竪櫛《たてぐし》で、セビーリャの女性たちみんなの髪を飾っている。豊かで誇らしげで、王冠か光背《こうはい》に似た櫛である。

この巧緻《こうち》な上部構造は、色のあさ黒いスペイン娘《チキータ》の一人ひとりを、背の高い高貴な

婦人に変身させる。こんな櫛を頭に差していれば、誇らかな態度で道をゆき、神聖なものとして頭を高くかかげ、ただ目だけを敏捷《びんしょう》に動かすことが必要となる。そこで、セビーリャの女性はそうしているわけだ。

二番目に、セビーリャの女性にもっと大きな名誉を与えるものは、マンティーリャである。これはレース製のかぶりもので、例の女王の冠《かんむり》のような櫛の上からかぶさるようになっている。

マンティーリャは黒か白で、イスラム教徒の女性のヴェールや、カトリックの悔悛《かいしゅん》者のかぶるフードや、大司教のかぶるミトラや、征服者のヘルメットに似ている。

マンティーリャは、女性たちをたちまちのうちに、女王様に仕立て、おおい隠し、

もっとも誘惑的なやり方で透かして見せた。生まれてこのかた、修道院とハーレムと愛人のヴェールのこの結びつきほど、威厳にみちて、洗練されたものを、女性について見たことはなかった。

ここでちょっと立ちどまって、セビーリャの女性たちに敬意を表することを許していただきたい。

この肌のあさ黒い女性たちが、世俗的な流行モードのすべてに対抗して、儀礼的ともいえるほど、はるかな昔からのペイネタとマンティーリャに優先権を与えるには、どのような自尊心、どのような民族的な誇りが必要なのか。

セビーリャは、けっして村ではない。セビーリャは陽気で豊かな町であり、その雰囲気は、まさに愛すべきものである。

セビーリャの女性がマンティーリャを保持するならば、それはまず、もちろん、それが彼女たちに似合うからであり、第二に、昔ながらの思いを持ちつづけて、純粋にスペイン女性でありたいと望むからだ。しかしともあれ、それがやはり彼女たちに似合うからではある。

セビーリャの女性が、この冠をかぶらないとすれば、それはたまの息抜きのためである。そんなときの女性は、黒髪の耳の上あたりに、花束を丸ごとか、さもなければ、

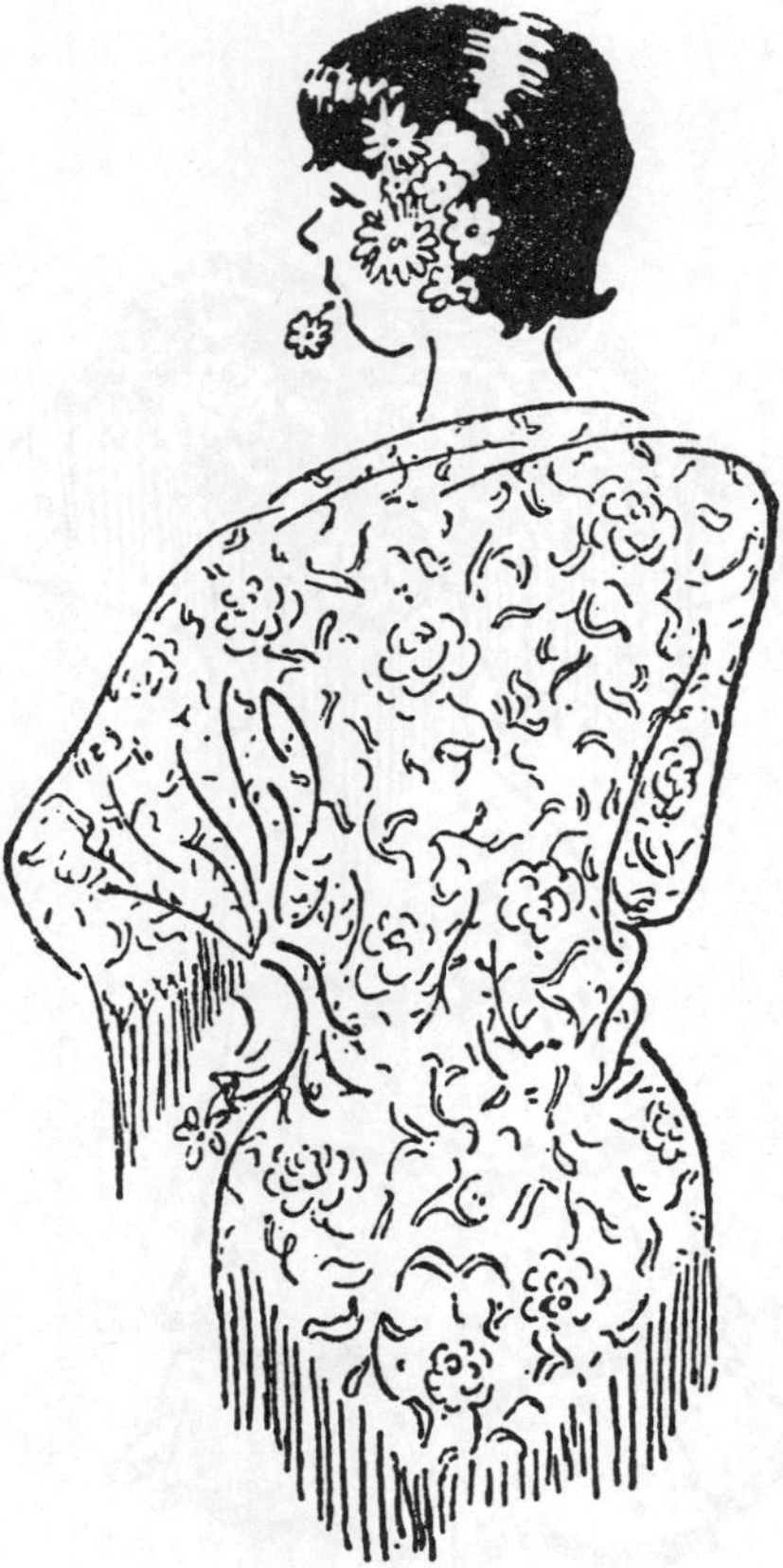

赤いバラを一輪か、カメリアか、夾竹桃《きょうちくとう》の花を、挿している。そして、両肩から腕までおおう、重いふさ飾りのついた大きなバラの刺繡のあるショールを羽織り、胸のところで結んでいる。

あるいはまた、マントーン・デ・マニラ〔刺繡入りの大きな絹のショール〕を羽織るが、それは絵のような大きな絹のガウン、あるいはショールのようなもので、ミサの式服ともなり、ばらの刺繡と、ふさ飾りがついている。

ただしこれらは、着方を心得ておかなければならない。肩から背中へかけて、なにかひだを寄せるようにして羽織り、体にぴったりと合わせ、手は腰骨に当て、腰をのばし、足もとでは木靴のかかとを鳴らす。わたしに言わせれば、正しくマントーンを身につけることは、りっぱなダンス芸術なのである。

わたしが受けた印象では、スペインの女性は、二つの大きな特権を保持することができた。隷属と尊敬である。

スペインの女性は、宝物のように監視されている。夕べの祈りの鐘のあとでは、町の通りで娘に逢うことはないし、娼婦でさえも付添いのおかみさん《デュエーニャ》に守られているのをわたしは見た。明らかに、その名誉を守るためである。

聞くところによると、遠い大おじから孫に至るまで、一家の男性メンバーは、それ

ぞれ、自分の姉妹、従姉妹、さらには親族女性の処女としての名誉を守ることに関して、いわば剣を手にして見張るべき権利と義務をもっている。

たしかに、その中にはいささかハーレム的な精神がある。しかし同時に、女性の持つ特別な尊厳に対する大きな尊敬の念が含まれている。一方、男性は、騎士として、保護者としての自分の価値を誇りにし、女性には監視される宝物としての栄誉と威厳が与えられる。従って、尊敬の問題については、両者とも帳尻が合うのだ。

それにしても、ほんとうにきれいな民族だ。アンダルシア風のつば広帽子をかぶった若者たち、マンティーリャ姿の婦人たち、耳のうしろに花を挿し、無邪気な瞼《まぶた》の一角に黒い瞳を寄せた娘たち。

ダンスをするかのような身のこなしで、鳩のように胸を張り、互いに愛し合う、その永遠の愛の語らいの中で、なんと情熱的で礼儀正しいことか！

当地では、人生そのものが音高く響いている。だが騒々しくはない。スペイン全土にわたって、わたしは喧嘩や口論や、荒っぽい言葉を、ひとつも耳にしなかった。それはおそらく、喧嘩とはナイフを意味するからだろう。

わたしたち北方の人間は、つねに喧嘩している。それはおそらく、互いにナイフを振り回さないからだろう。

こう言ったからといって、わたしのことを悪く思わないでいただきたい。わたしは、その両者のどちらが社会的に高度か、ということを申しあげはしない。

ジプシー居住区

トリアナは、グワダルキビル〔アラビア語で「大きな川」の意〕川の対岸にある、セビーリャのジプシーおよび労働者地区である。あるいはまた、トリアナというのは、一種の特別なダンスの呼び名でもあるが、また、特別な種類の歌のことでもある。それは、グラナディナスがグラナダの典型的な歌であり、ムルシアナスがムルシアの、バレンシアナスがバレンシアの、カルタヘネラスがカルタヘナの、マラゲーニャスがマラガの、それぞれの独自の歌であるのと同じだ。ご想像いただきたいが、プラハのジシュコフ地区には、その地区独自のダンスがあり、デイヴィッェ地区に独自の民謡があるだろうということ、フラデッ・クラーロヴェーの音楽アンサンブルは、パルドゥビツェのそれと厳密に区別されるだろうし、さ

らに言えば、チャースラフというと、とくに、燃えるような幻想的なダンスが特徴だろう、ということなどと同じだ〔＊1〕。もっとも、わたしの知るかぎり、チャースラフの町は今のところ、みずからの独自性を発揮してはいない。

わたしはもちろん、トリアナ地区のジプシー女性《ヒタナス》を見に行った。日曜の夕方で、彼女たちがタンバリンの響きに合わせて、街角ごとに踊っていること、彼らの幕営地《ばくえい》に誘われること、なにかこわい思いをすること、などとわたしは期待していた。そして、運を天にまかせ、意を決してトリアナにおもむいたのである。

ところが、まったくなにも起こらなかった。そこにジプシーの男や女がいなかったわけではない。大勢いたのだが、幕営地は一つもなかった。

そこにはただ、清潔なパティオのある小さな家々が並んでいるだけで、実際にジプシー的な多数の子供、授乳する母親、青味を帯びた黒髪に赤い花を挿した、アーモンド形の目をした娘たち、歯でばらをくわえたほっそりしたジプシーの男たち、家の前の歩道でぶらぶらしている平和な日曜日の人たちがいるだけだった。

わたしもその人たちの仲間に入ってぶらぶらし、そこの娘たちにアーモンド形の視線を投げかけた。

その娘たちについて証言すると、彼女たちの大部分は、清潔で美しいインド人的なタイプで、ほかにはいささか吊りあがった目をし、オリーヴ色の肌をして、丈夫な歯を持っている。そしてセビーリャの娘たちよりも、もっとたおやかに、背中でしなを作っている。

これで、あなたがたには十分にちがいない。わたしも、トリアナのしっとりした夜の中で、それで満足した。

わたしがこんなささいなことで満足したので、トリアナの神様は、大がかりな巡礼、ロメリアのお祭り騒ぎで報いてくださった。

突然、遠くからカスタネットの音がカタカタと響きはじめ、トリアナの町の通りを、牛に引かれて、たくさんの花輪とチュールのカーテン、天蓋《てんがい》、ひだ飾り、フリル、緞《どん》帳《ちょう》、ヴェール、その他、ありとあらゆるひらひらのついた丈《たけ》の高い車が流していった。その白くまぶしい車の中には、娘たちがぎゅうぎゅう詰めに乗っていて、カスタニュエラ、すなわちカスタネットを鳴らし、いかにもスペインらしい歌い方で、声を張りあげて歌っていた。

神よ、わが証人たれ、だがこの装いをこらした車は、赤い中国風のランタンで照らされ、娘たちでいっぱいの婚礼のフロアのように、不思議に楽しく見えた。娘たちは一人また一人と声高くセギディーリャ〔*2〕を歌い、一方、ほかの娘たちは調子に合わせてカスタネットを鳴らし、手を打ち鳴らし、金切り声をあげる。

そして次の街角を回ると、着飾って、歓声をあげ、カスタネットを鳴らす娘たちを積んだ、ほかの車がゆっくりと回遊していた。そして五頭立てのろばとらばに引かれた馬車を、アンダルシア風のつば広帽子をかぶったスペイン男が馭していた。さらに別なスペイン男たちが、踊る馬を乗りまわした。

わたしは、土地の人たちに、これはどんな意味なのかをたずねた。その答えは、「ブエルタ・デ・ラ・ロメリア、サベ？（巡礼の帰還だよ、わかる？）」だった。

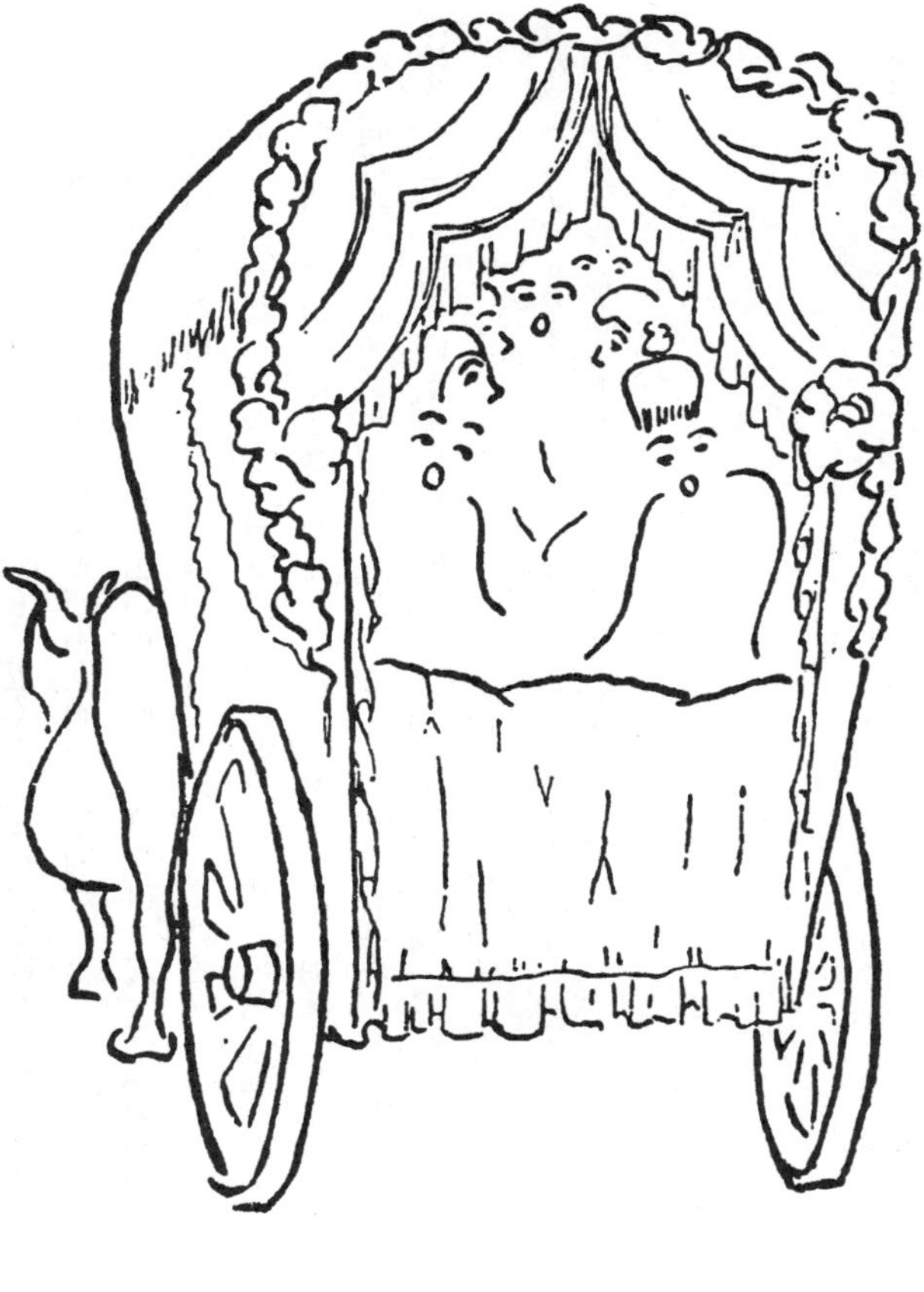

ご説明すると、ロメリアというのは、近くのどこかの聖地を訪れる巡礼のことで、そこへセビーリャの人たち、つまり、男女両性の集団がいっしょに詣でるのである。そして娘たちは、スカートに幅の広いひだ飾り、またはなんと呼ぶのか、それをつけ、雀をいっぱい乗せた車のように、かしましくさえずっている。

そして、そのカスタネットのカタカタ鳴る音を残して、陽気な巡礼《ロメリア》がトリアナの町の通りから消えていったとき、わたしにはカスタネットの地域的な秘密が明らかになった。同時に、ナイチンゲールたちのさえずり、蟬の鳴き声、そして敷石に当たるろばの蹄《ひづめ》のこつこつという音を思い出す。

＊1　フラデツ・クラーロヴェー、パルドゥビツェ、チャースラフ、いずれもチェコの都市名。
＊2　アンダルシア地方の踊り、および歌。

闘牛《コリーダ》

偶然ながら、わたしがこれを書いていると、猫がわたしのひざに這いのぼってきて、のどをごろごろ鳴らしている。

ここでわたしは認めるが、この動物が実際にわたしのじゃまをしているのに、排除できない。わたしは、槍にせよ剣《エスパダ》にせよ、徒歩にせよ騎乗《カバーリヨ》にせよ、相手の動物を殺したりできないだろう。

それだから、わたしが六頭の牡牛を屠《ほふ》るところを目にした後に、七頭目でやっとその場を去ったとしても、わたしのことを血に飢えた人間だとか、残酷なやつだとか、いささかも思わないでもらいたい。

わたしがその場を去ったのは、道徳的な理由からではなく、じつは退屈しはじめたからなのだ。その闘牛《コリーダ》は、部分的には不出来なものだった。とりわけ、牡牛たちにとっては、非常に過酷な生の在りかたであったと思う。お知りになりたいなら言うが、牡牛の決闘の際のわたしの感情は、かなり複雑であった。けっして忘れられない驚くべき瞬間もあったし、振り払いたいと思うような苦痛にみちた時間もあった。

だが、なんといっても、もっともすばらしいのは、もちろん、栄光にみちた闘牛士がアリーナへ入場する場面である。あの青空の下の黄色い砂、見物人でびっしり詰った闘牛場《プラサ・デ・トロス》。その場に、ファンファーレが雷鳴のように響き、アリーナに刺繍模様の服を着た騎馬先導役《アルグワシル》たちが入場する。そして、そのあとから、ぴかぴか光るジャケットを着て、金糸で刺繍されたコートを羽織り、三角の帽子をかぶり、短い絹のズボンをはいた主役の闘牛士（マタドール）、すなわち牛にとどめを刺す剣士（エスパダ）、飾りつきの銛《もり》を牛の肩に刺す役の闘牛士（バンデリリェロ）、そして老馬に乗って馬上から牛の肩を槍で刺す役の闘牛士（ピカドール）が、雑用係が、小さなベルで飾られた四頭組のらばが入ってくる。

そのすべてが、気品を漂わせて、踊るように歩く。この世のどんなオペラの中でも、

踊り手たちのチームがこんなに気どって踊ることはないほどだ。

わたしが見たこの日は、プログラムになにか特別なものがあった。「フレンテ・ア・フレンテ」、つまり、ひたいとひたいを二人のマタドール・ソリスタ、独演闘牛士がつき合わせた。この人たちは、騎馬による貴族的闘牛の古い伝統を保っている。一方は、コルドバ市の騎馬隊長ドン・アントニオ・カニェロで、アンダルシア風の服を着ている。もう一方は、ポルトガルの、馬上から手槍で牛を突く騎馬闘牛士（レホネアドール）のホアン・ブランコ・ヌンキオで、青いロココ風の服装をしている。

まずアリーナへ踊りながら入ってきたのは、アンダルシアの牡馬に乗ったレホネアドール、ドン・アントニオだ。騎士らしい態度で王女と主宰者におじぎをし、馬とソンブレロをぐるっと回して観衆全員にあいさつを送った。

それからアリーナの門の扉がさっと開かれ、まっ黒な筋肉のかたまりが、巨岩のような胸をした、たてがみをなびかせた牡牛が突進してきた。牛は強い日ざしに目がくらんだか、立ちどまり尻尾を振ったが、細身の槍を手にして、なにか陽気に、馬に乗ってアリーナの中央で待ち受けている唯一の敵に走りかかった。

それから何が起こったか、逐一書いてお知らせしたいとは思う。しかし、牡牛と馬

と騎手のこのダンスを描写する言葉を、どこで見つけられるだろうか？　闘う牡牛が鼻息荒く立っている姿は美しい。アスファルトのように黒く輝き、ローマ神話の火と鍛冶《かじ》の神ヴルカヌスのような獣だが、その獣を、前もって檻《おり》の中で、気が狂うほど怒らせておくのだ。

　今や、足で地面を掘り返し、そこに立ち、炎のように燃える目で、打ち倒すべき敵を探し求める。

　そこへ、品よくパレードでもするような足どりで、馬が踊りながらやって来て、ベイラリンカ（バレリーナ）のように体をしなやかに曲げ、跳躍して空中を舞う。アスファルトのように黒い筋肉の巨岩は、体を波打たせ、角《つの》を地面すれすれに下げ、なにかが発射されたような勢いで、ゴムのような肉の思いがけぬ柔軟さで、恐ろしい攻撃をしかける。

　告白するが、この瞬間わたしは、かつて山中で足を踏みはずしたときのように、不安のあまり手に汗を握った。それはまさにほんの一瞬だった。ふた跳びで、踊っている馬は品のよい速足になり、足を高く上げ、牡牛の骨ばった背のうしろでくるりと回る。一斉射撃のようにわき起こった拍手が、ゴムのようにはずむタンクを一時《いっとき》ひるませた。

だが、それが牡牛をかっとさせたようだ。尻尾で風を切り、速足で馬のあとを追いかけた。牡牛の戦術は、ただ一直線に攻撃することだ。馬と騎手の戦術は、弧を描いてまわることである。角《つの》を持つ牡牛は、まっすぐに突進し、恐ろしい一撃で敵をとらえ、打ち倒そうとする。

突然、牡牛は驚いて、いささか愚かしい感じで立ちどまる。自分の目の前に、空っぽのアリーナのほかにはなにもないからだ。しかし牡牛の戦術は、ただ突き刺すだけではなく、恐ろしい左右へのねじりもある。そして牡牛の速攻は、時に、突然、左右へジグザグ運動をして方向転換をすると見せて、馬の下腹を直接に狙う。

その巧妙な転換に先に気づくのが、馬なのか騎手なのか、わたしには言えないが、あわやと思う一瞬に、馬がみごとに五メートル離れて急転回《ピルエット》の演技を見せた。わたしは限りなくほっとして、叫び声をあげ、拍手した。

馬のほうも、この演技に全神経を賭《と》しているのだと思う。なぜなら五分たつごとに、レホネアドールが防護柵のうしろへ駆け込み、新しい馬に乗って戻って来るからだ。

さて、このダンスがそのようにみごとでスリルに富んでいるので、ダンスをしながら牛たちが殺されていることを、うっかり話し忘れるところだった。ほんとうのことを言えば、わたしは最初のうち、アリーナにいながら、そのことも忘れていた。

わたしは、ひと回りするときにレホネアドールが槍《ランサ》を牡牛のうなじに突き刺すのを見たが、牡牛はずたずたになりながら、さらに速歩《トロット》をつづけていた。まるで、遊んでいるように見えた。二本目の槍はうなじに突き刺さったままだったが、それはペンがついたペン軸が床に刺さったときのように、ふるえていた。

牡牛は首の中に食い込んでいるその品物を払い落とそうとし、頭を振り回し、立ちどまる。だが槍は、このあまりにも重い筋肉の中に、とてもしっかりと根をおろしている。牡牛はそこに立ち、まるで地面を掘り返したがってでもいるように、砂の中を足で掻きならし、苦痛と憤怒で咆哮《ほうこう》する。その口から唾液が垂れる。それは、牛の号泣かもしれない。

だがもうすでに、牡牛の前には、泳ぐように軽やかな、敵を乗せた馬の姿が迫って来る。傷ついた牡牛は、咆哮するのをやめ、鼻息も荒く、姿勢を低くして、狂ったように攻撃をしかける。わたしは目を閉じた。なぜなら、この攻撃で、アリーナの砂の中には、砕かれ裂かれた足や胴体が横たわるだろうと想像したから。

しばらくして目を開くと、牡牛は頭を高く上げて立ち、そのうなじには折れた槍がゆれ、牡牛の前にバレエのような軽い足どりで馬が踊っている。ただその垂れた耳に、恐怖の色が見えるだけだ。

なんと勇敢な心を、その馬は持っていることだろうか。なんという優雅さが、そのりっぱな騎手の内部にあることだろうか。騎手は馬を両ひざであやつり、その両眼で牡牛の目を見抜いているのだ。

だが、その牡牛は、なんとすばらしく純粋な英雄だろうか、泣くことは知っているが、退くことは知らないのだ！　人間が馬をあやつり、そして、人間を野心があやつる。だが牡牛は、そのアリーナの中に孤独でいること以外はなにも望んでいない——。

わたしと、この世のすべての牛とのあいだに誰が立つだろうか？

ほら、牡牛はすでに頭を低くし、アリーナの中をぴょんぴょん飛びまわっている唯一の敵をめがけて、自分の持つ恐ろしい体重をぶつけようとしている。牡牛は巨岩のようにころがるが、その足の筋肉が急に力なくへたり込む瞬間がある。よろめいているのか？　いや、なんでもない。ただ前進あるのみ！　牡牛の名誉、万歳！

そのとき、三番目の槍が稲妻のように放たれた。牡牛はつまずき、急にはね上がる。あらたな攻撃をしかけるために、筋肉をふくらませようとするが、突然、反芻《はんすう》する牡牛のように、ほとんどおだやかに横たわった。

馬上の騎手は、休息する戦士の周囲をぐるぐる回る。今や牡牛は、跳躍しようとでもするかのように、体をしゃんとさせたが、なにか考え込むようだった——そう、もうしばらく横になっていよう。

ここで騎手は、馬をくるりと一回転させて、拍手と喚声の連続発射を背後に、アリーナから速歩《トロット》で引き揚げる。牡牛は頭を地に横たえる。ただ一瞬、ただ一瞬の静寂——。

そして、牡牛の体はがくりとゆるみ、それからふたたび体を緊張させ、足を硬直したように踏み出した。奇妙に、ほとんど不自然に、その小山のような黒い体から、足が突き出される。死後硬直《リゴール・モルティス》だ。

向かい合ったゲートから、小さなベルを鳴らして、ろばのチームが走り出る。数秒後にはもう、鞭の鳴る音とともに、死んだ重い牛の体は、アリーナの砂の中を引きずられていく。

さて、わたしは、その場面がどう見えるか、なにも隠さずにお話しした。それは美しいのか、または残酷なのか？　それはわからない。わたしが見たものは、どちらかと言えば、とても美しかった。そのことを今考えてみると——。

あの堂々たる気高い牛は、屠畜場で頭に棍棒の一撃を受けてあの世へ行くほうがよ

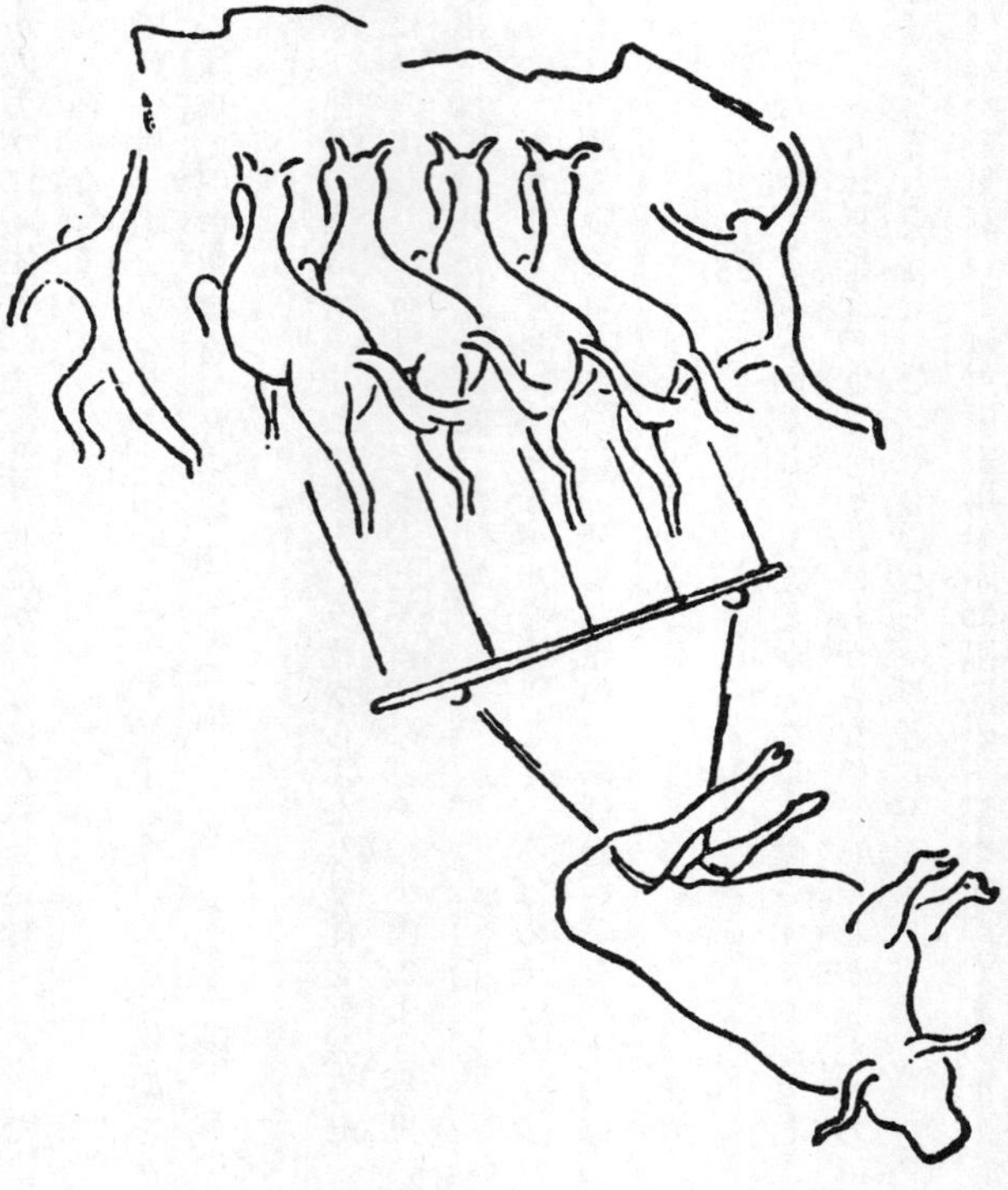

かっただろうか？　より人間的だろうか、彼の熱烈な戦闘的な心にふさわしく、戦いの中でこのように死ぬよりも？

それはわたしにはわからない。だが、喚声をあげて熱中している観衆のまん中にあって、青空の下に広がる無人の、焔《ほのお》のような色に燃えるアリーナをしばらく眺めることができたとき、わたしはほっとした。

そして今、その円形の中に、青いぴかぴか光る服装のポルトガルの騎手が疾駆してきた。アリーナの中を全速で回り、向きを変え、帽子を取ってあいさつした。彼の馬は、さらに踊りはね、さらに美しく、高等乗馬学校の規律に従って足を高く上げた。

ゲートから突進してきた黒い牡牛は、憎しみに燃えた強情なけだものだった。前かがみになって立ち、角で攻撃する構えをしていたが、走り出そうとする誘惑には乗らなかった。馬が彼の数歩離れたところまで踏み込んだとき、やっと、カタパルト〔投石機〕から発射されたように突進した。牛はそんなにも自信にみちていたので、跳躍した場所で馬の胸にぶつからなかったとしたら、不思議なほどだった。

ところがその瞬間に、その黒い肉塊の動きを見抜いて、馬は騎手のひざの合図で向きを変え、弓の弦を離れた矢のように全速で走りはじめ、空を飛んだが、最大限に疾駆する中で鋭く反転し、フランスの舞曲ガヴォットの足どりでふたたび鼻息荒い牡牛のほうに走ってきた。

生まれてこのかた、こんな騎手を、これほどに完全に馬と一体になった騎手を見たことがなかった。騎手は速歩《トロット》のときも、いや跳躍のときさえ、鞍の上でゆらぐことなく、一瞬のうちに馬の向きを変え、停止させ、発進させ、馬をギャロップからハイステップへ、クロスステップへと変化させる。

この手品のようなバレエの踊りを、どう表現するのか、わたしは知らない。そしてそれと同時に、一方の手には手綱を、まるで蜘蛛《くも》の糸のように軽やかに保ち、一方、別の手では、必殺の槍のひと刺しの機をうかがう。

だがそこで考えていただきたい。このような乗馬のダンスを、そのロココ風の服装の若者が、怒りに狂う牡牛の角の前で行なうのだから——。事実、この場合、牛の角の鋭い尖端は真鍮《しんちゅう》をかぶせて安全にしてあった。

馬は牛の前から姿を消し、跳躍し去り、停止し、矢のように飛んで、ゴムでできているかのように柔軟に牛の前に戻り、闘牛士は飛びながら牛を槍で刺すが、槍は折れ、無防備になり、どしんどしんと足音を立てる獣に追いかけられ、新しい槍を取りに、防壁に向かって疾駆する。三本の槍をギャロップで走りながら突き刺し、それから、それ以上は牡牛に見向きもせず、躍りながらアリーナを去った。

咆哮《ほうこう》する獣は、さらに剣の攻撃を受け、最後にとどめを刺す闘牛士（プンティリェロ）が短剣《プンティーリャ》の一撃を与える。それは醜悪な屠殺場面だった。

三番目の牡牛は、二人の競争者の手にかかった。最初の槍の攻撃は、ポルトガル人が受け持った。一方、むき出しの牛の角の前でたわむれながら、牡馬に乗ったアンダルシアの男が足踏みをし、ゲームに飛び込む準備をしていた。

だが、この三番目の牡牛は笑いごとではなかった。戦闘的で、想像できぬほど敏速で、砂ぼこりを舞い立ててアリーナに突進してきた瞬間から、攻撃を中止することはなかった。突進に突進がつづいた。その牡牛は馬よりも速く、相手の騎手をアリーナじゅう追いまわした。

そしてだしぬけに、待機していたアンダルシアの男に向かって飛びかかった。アンダルシアの男は馬の向きを変え、逃げ出す。牡牛は執拗にそのあとを追い、追いつく。その瞬間、手槍を持ったレホネアドールは、自身と馬を救うために、槍を突き出して牛を威嚇し停止させる。しかし、最初の槍の一撃はポルトガル人の担当だった。アンダルシアの男は、いっぱいに繰り出された槍を牛に近づけ、どのような強い力によってかわからないが、馬をその場から離し、限りない拍手と喚声を浴びながら、その場を去る。

なにかそのようなことを、スペイン人は賞讃するすべを心得ているのだ。ポルトガル人が交代して牡牛の相手になり、ギャロップで牛を自分のほうに誘導する。飛びながら槍を突き刺すが、牡牛はただ頭をぐいと動かし、槍は遠くの砂の中へ飛ぶ。

今度はスペイン人の番だ。交代して牛を相手にし、アリーナじゅう追い回させることで、牛をへとへとにさせようとする。その間《かん》に、ポルトガル人ドン・ホアンは新しい馬に乗って戻り、見守っている。

この牡牛は、それなりの戦略を持っているようだ。アンダルシアの男を防壁のところへ追いつめ、左わきを攻撃する。一瞬、観衆は興奮して立ちあがる。牡牛が無防備な左側から騎手に飛びかかろうとしている。

すると、青いロココ風の服装の若者がまともに牡牛に向かって割って入り、馬は棒立ちになり跳躍した。牡牛は新しい敵に対して頭を振り、相手はたじろぐ。だが、そのときすでに、アンダルシアの男は馬首をめぐらせ、その槍を、まるでバターの塊《かたまり》にナイフを入れるかのように、牡牛のうなじ深く突き刺した。

この瞬間、観衆は立ち上がり、熱烈に喚声をあげる。そして、死は遊びでも見世物でもないのだから、文学の中でも死とのたわむれはけっして好まないわたしは、なに

かのどが締めつけられる感じだった。もちろん、きっと恐怖のせいだったろうが、また賞讃のせいでもあったと思う。

生まれて初めて、わたしは物の本に書かれているような騎士道精神を見た。武器を手にし、死と面と向かい、ゲームの名誉のために生命を賭ける。

みなさん、わたしはなにか、押さえがたいものを感じている。なにか偉大で美しいものを。

しかし、三本目の槍も、この狂熱的な牡牛の命を奪えなかった。ふたたび短剣を持った男が駆け寄らねばならなかった――。それから掃除人がやって来てアリーナの土を掻きならした。

アリーナは、セビーリャの青々とした日曜日の中で、清らかに、炎の色を見せて広がっていた。

普通の闘牛

闘牛の第二部は、普通のスタイルの戦いだった。それはたいへん劇的であったが、また、非常に痛ましくもあった。しかし、これだけで闘牛というものを判断したくはない。たまたま、その日が幸せな日ではなかっただけなのだ。

早くも最初の牡牛は、飾りつきの銛《バンデリリャ》を突き刺されたとき、怒り狂って執拗に攻撃してきた。喚声をあげて興奮する観衆は、牛をまず「へとへとにさせる」ことを望まなかった。ファンファーレがけたたましく鳴り響き、アリーナにいた人びとが退いて、金色の衣裳飾りをきらめかせながら、主役闘牛士（エスパダ）のパルメーニョが牡牛にとどめを刺しに出てきた。

しかし、獣はまだ、あまりにも敏捷だった。最初の対決でパルメーニョの腰のあたりを角《つの》で突き、頭ごしに弧を描くように闘牛士の体を放り投げ、もはや自分の力で動くことができない闘牛士めがけて突進した。わたしの目には、恐れる牡牛が投げ出されたジャケットを裂き、踏みにじる姿が前もって見えた。

それはほんとうに、心臓が凍りつくような一瞬だった。その瞬間、マントを持った闘牛士（トレロ）がその場に登場し、身を挺して牡牛の角にまともに向かい、マントでその目をつつみ隠し、攻撃してくる牡牛を自分のうしろにみちびいた。

その間《かん》に、二人の雑用係《チュロ》が不運なパルメーニョの体を持ち上げ、雄々しくも気絶してしまった闘牛士を運び去った。傷の程度については、〝プロノスティコ・レセルバード（診断留保）〟と翌日の新聞に書かれていた。

さて、この出来事のあとで、わたしがそこから立ち去っていたら、人生で最大の感動の一つを見のがすことになっただろう。新聞もその名を伝えなかった無名の雑用係が、傷ついた主役闘牛士（マタドール）から牡牛をそらすために、いかに勇敢にその腹部を牛の角にさらしていたことか。いかにためらいなく、狂乱して襲いかかる牡牛をみずからに引きつけ、最後の瞬間になんと巧みに跳躍して危険を脱したか。

そして今度は別のトレロが登場し、マントをひらひらさせて牡牛を自分のほうへ誘い、最初の闘牛士が金糸で刺繡された手袋で、ひたいの汗をぬぐうことができるよう

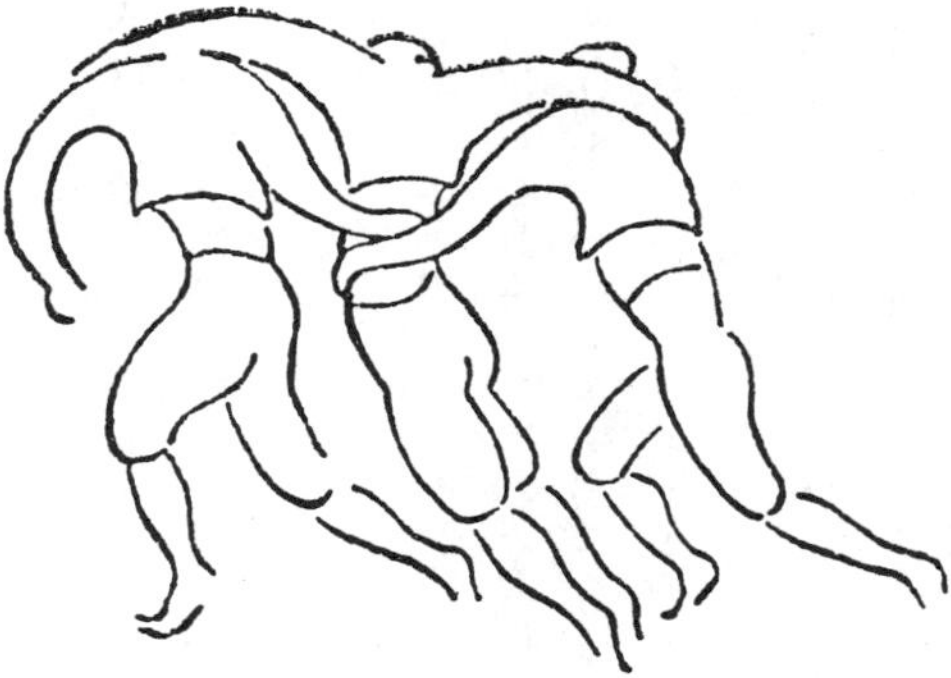

にする。それから二人の無名の闘牛士はわきへ退き、新しいエスパダが剣を手にして、傷ついた名手のかわりに登場する。

代役の闘牛士《マタドール・ソブレサリエンテ》は、面長の悲しげな顔をした男だった。明らかに人気がなく、牡牛を、いわば犯罪者のように取り扱った。その瞬間から、闘牛は恐ろしい屠畜となり、荒立った観衆はブーイングと口笛で、人気のないエスパダを直接荒れ狂う獣の角にぶつけさせようとした。

そして、その男も、必死で歯を噛みしめ、不確かな手で牛にとどめを刺そうとした。牡牛は傷口に刺さっていた剣を振り落とした。新しい抗議の叫びが起こる。闘牛士たちが、牡牛にマントをかぶせるために走る。群衆は猛烈な喚声で彼らを追い払う。なにがあろうと、牡牛の最期を騎士道的な精神で飾るよう望んでいるのだ。

青ざめた顔のマタドールは、ふたたび剣と赤布《ムレータ》を用いて、ゲームの規則に従って牡牛を殺そうとする。しかし牡牛はその場を動かず、頭をきっと立て、うなじに飾りつきの銛を針鼠の針のように刺されたまま、血まみれのマントを投げかけられたような姿で立っている。エスパダは、牛の背中が刺せるように、剣の先で牛の額を傾けようとするが、牡牛は立ったままで、まるで牝牛のように鳴く。

トレロたちは、牛のうなじに突き立てられた飾りつきの銛の上にマントを投げかけ、新しく引き起こされる痛みで、牛が抵抗の不動の姿勢をくずして動き出すようにし向ける。しかし牡牛は吼《ほ》え、痛みのためにいばりを洩らし、足で地面を搔き、地中に隠れたいとでもいうような格好をする。

ついにマタドールは、牛の頭を地面に向け、動かぬ獣を剣で刺し通す。しかし、この一撃さえ、最期とはならず、とどめを刺す闘牛士（プンティリェロ）まで、いたちのように牡牛のうなじに駆け寄り、短剣を刺す。

二万人の憤懣《ふんまん》にみちた嘲笑と喚声とともに、金ぴかずくめの服装で、伝統的に後ろ髪を固く結んで垂らした、ひょろ長いマタドールが、アリーナを出て行く。目を深く落として、地面を見据えている。防護柵のうしろで、彼に握手を求めて手を差し出す人は誰もいない。そしてこの非難の的である男は、さらに三頭の牡牛を倒さなければならないのだ。

新たな闘牛シーンが、重い夢のように、きらめく美と恐怖の中で展開される。ふたたび金色のマントとジャケットを着たトレロたちが姿をきらめかせ、自分の持ち場で牡の子牛を待ち受けるように、目隠しされたあわれな馬に乗った金ぴかずくめの騎馬闘牛士（ピカドール）たちが入場してくる。

子牛はその間《かん》、トレロたちのマントや跳躍や退避によってじらされている。子牛は小さいが、怒れる猫のように気が立っている。トレロたちは子牛を、古風な槍をいっぱいにのばしてかまえているピカドールのほうへ誘っていく。

一方、目隠しされている馬は恐怖にふるえ、まだできるなら跳び上がりたいと思っているようだ。そしてこの牡牛は、まさにピカドールめがけて突進したがっていた。うなじを槍にぶつけ、ピカドールを鞍から放り出さんばかりだった。だが、ただ体をふるわせただけで、さらに速足で追いかけ、やせこけた牡馬を騎手ごと角《つの》にかけ、防護柵の羽目板にたたきつける。

今日《こんにち》では、独裁者プリモ・デ・リベラ将軍の命令によって、ピカドールの乗る馬は、胸と腹部の一部をマットで保護しなければならない。そこで牡牛は、一般に馬に突っかかり打ち倒すが、昔よくあったように、馬のわき腹を裂くことはほとんどない。にもかかわらず、ピカドールについてのエピソードは、生々しく愚かしい。

聞いていただきたいが、そのくたびれた去勢馬が、いかに無理をして戦っているか、恐ろしい牡牛の攻撃を受けるために、いかに引き連れられていくか、それから、いかに姿勢を立てなおして、もう一度牡牛の角に立ち向かわせられるか、その様子を見るのは堪《た》えられない。

なぜなら、牡牛は、その二人のピカドールの鈍い槍先で三つの深い傷を受け、少々出血させられて闘争本能をあおられ、「興奮状態《カスティガード》」にならなければならないからだ。戦いは美しくなり得る。だが恐怖は、みなさん、獣の恐怖は、人間の恐怖と同様に、絶望的で卑屈な見世物だ。そして、馬と騎手と槍が一体となって動き、トレロたちが自分のマントを持って駆け寄り、あえぐ牡牛を自分のうしろにみちびくとき——牡牛はこの最初の衝突ではつねに勝利を収めるのだが、その代償は、肩の骨のあいだの無残な傷である。

それから、騎馬闘牛士たちは速歩《トロット》で退き、牡牛はしばらくマントの赤い絹の裏地に対して腹を立てているが、やがてアリーナに銛打ちの闘牛士（バンデリリェロ）たちが全速力で駆け込む。

彼らはほかの人たちよりも、可能な限りもっと金ぴか衣裳で、手には細い槍か、むしろ、紙の飾りやリボンのついた長い木製の矢、つまり銛を持っており、牡牛の前で跳びはね、はやし立て、手を振り、牛の気を引いて、牛が頭を低め、うなじをのばして、盲目的な捨身の攻撃をせざるをえないように仕向ける。

牡牛が突進するその瞬間に、バンデリリェロはつま先立ちとなり、長弓のように身

をそらせ、高く掲げた両手に狙いをつけた飾りつきの銛を持って、待ちかまえる。まことに感に堪えないが、怒り狂う獣に対する、その軽やかで踊るような人間の姿勢は、このうえなく美しい。

ぎりぎり最後の瞬間に、二本の飾りつきの銛は稲妻のように手を離れ、バンデリリェロは跳びのき、全速でその場から駆け出す。一方、牡牛は、自分のうなじに揺れている二本の投げ槍を、奇妙な足どりで振り落とそうと努力する。

しばらくして牛は、もう一対のリボンで飾られた銛を刺され、バンデリリェロは足どり軽く防護柵を乗り越えて身を守る。すでに牡牛はひどく出血し、巨大なうなじは、蜂の巣のようになって血が流れている。突き出している飾りのついた銛は、聖母マリアの悲しみの心を思い出させる。

そして、ふたたび雑用係たちが走り寄り、自分たちのマントで、牡牛を怒らせると同時に疲れさせようとする。なぜなら、牡牛を冷静にしてはならないのだ。牡牛の前で赤い裏地を振ってみせる。牡牛は、一目散に、より大きな目標に向かって、ということはマントに向かって、突進する。そしてトレロは、たった一歩の差でその角の攻撃を逃れる。

だが、この牛は群衆を陽気にさせてくれた。トレロたちをとても敏速に勇敢に追い

かけたので、全員が蚤《のみ》のように跳びはねて、防壁を越えたのである。

ここで牡牛は、ただ尻尾を振り、たったのひと跳びで防壁を飛び越し、彼らのあとを追って防壁と観衆のあいだの狭い通路を走った。闘牛の関係者全員が全速力でアリーナの中に入り、身を守る。牡牛は勝ち誇って狭い通路を走りまわり、アリーナに戻って、自慢げに尻尾を振った。そして全員が新たに走り出し、防壁のうしろに逃れた。今や牡牛だけがアリーナの主《ぬし》となり、自分でもそれがわかったようだ。円形の闘牛場全体の大喝采を要求しているように思われた。

ふたたび雑用係たちが跳びはねて、牡牛を少し動かそうとした。群衆は叫び声をあげた。きわめてすばらしい力のある牡牛を、エスパダとなるマタドールが身を挺して相手にするのを望んでいたのだ。

金ずくめの衣裳をきらめかせて、視線を伏せ、くちびるを結んだエスパダが左手に赤い布を、右手に剣を下げて、主宰者のボックスの前に立ちどまった。彼にとってはなんでも同じだ、というように見えた。指示を待っていたが、主宰者はためらった。

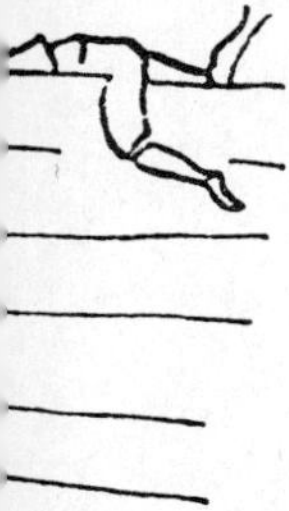

トレロたちは牡牛を跳び回らせ、牡牛は鋭い角の先で彼らを追い回した。群衆は威《い》嚇《かく》するように立ちあがり、喚声をあげた。待っていたエスパダは、黒い後ろ髪の垂れた頭を下げ、主宰者はうなずいた。

ここでファンファーレが鳴り響き、アリーナは一瞬にして無人となり、エスパダは剣を高々と掲げ、無表情な顔で、牡牛の死を約束した。それからただ一人、赤布を振りながら、アリーナに踏み入って牡牛に立ち向かった。

それはりっぱな闘牛ではなかった。エスパダはある程度、必死になって勇気を奮い、命を賭した。しかし牡牛は、とどめの一刺し《エストカーダ》の機会も与えずに、砂の上でエスパダを追いまわした。角で赤い布を奪い去り、身を隠せぬそのマタドールを目の前で追いかけ、マタドールは防壁を乗り越えて身を守ったが、そのとき剣をなくしてしまった。しばらくのあいだ、人間と獣のそのダンスはすばらしかった。赤布を持ったエスパダは、自分の前に獣を釘づけにしようとする。牡牛は赤い布めがけて突進し、人間はすれすれのところでそれをかわし、視線を落として、牡牛のうなじに剣を刺すべき場所を探す。そのすべては一秒もつづかない。そしてふたたび攻撃、退避と、不成功に終わる刺突。

牡牛と人間のその決闘は、神経を非常に緊張させるので、しばらくすると頭がぼん

やりしてくる。何回か雑用係たちが駆け寄って、へばっているエスパダと交代したが、観衆は憤慨して彼らを退散させた。

そこでエスパダは弱々しく肩をすくめ、再度、牡牛に立ち向かった。格好よく牡牛に挑戦するのだが、刺突は下手だった。五回目の刺突のあとでやっと、牡牛は横たわった。

恐ろしい光景だった。エスパダはまるで鞭で打たれたかのように、円形劇場の全員のブーイングを受けてすごすごと退場して行った。わたしは、処理された牡牛よりも、エスパダのほうがもっとむごく憐れに感じた。

六番目の牡牛は、図体が大きく、白く、足が弱くて、攻撃的でなく、まるで牝牛のようだった。それがつまずきながらもピカドールの牝馬に向かって突

進するように、何人かがあと押ししなくてもよかったのは、不思議なことだ。
　マントを持ったトレロたちが、攻めてけしかけようと、牡牛の角を持って引っ張った。そしてバンデリリェロたちが牡牛の前で、狂ったように跳びはね、手を振って挑発し、牡牛をののしり、嘲笑して、牡牛がのろのろと不器用に攻撃してくるよう、体を動かすようにした。群衆はいらいらしてわめいた。牡牛が戦うことを望んだのだ。それは、血を流して咆哮する獣に対して、かえって悪い拷問になるだけだ。
　わたしはその場から出て行きたいと思った。しかし、人びとは立ったまま、こぶしをふりまわして脅迫し、ぶーぶー言っていた。出て行くことはできなかった。そこでわたしも目をおおい、すべてが終わるまで待っていた。無限とも思える長い時間のあとに目を開けると、牡牛はまだ生きており、ふらつく足でよろよろと歩いていた。

七頭目の牡牛になってやっと、わたしは人を掻き分けて外へ出て、セビーリャの町の狭い通りをさまよい歩いた。心の中では奇妙な感じで、なにか恥ずかしかったが、それは自分の残酷さに対してなのか、または自分の弱さに対してなのか、よくわからない。

あの円形劇場でわたしは、ある瞬間、あまりの野蛮さに叫びはじめた。わたしの隣には、セビーリャに定住しているオランダの技師が座っていたが、彼はわたしの叫びをいぶかしんだ。

「闘牛はこれで二十回目です」と、彼はわたしに話した。「だけど、野蛮に思えたのは最初のときだけだったな」

あるスペイン人が、わたしをなぐさめた――。

「この闘牛はよくない。もっと、上手なエスパダがいるから、それを見るべきですよ」

おそらくそうだろう。しかし、ふくれっ面《つら》をし、悲しげに目を伏せたあの金ぴかずくめのひょろ長い男よりも、もっと悲劇的なエスパダを見るのは、きっとむずかしいことだろう。あの男は、二万人の不興を肩に負うて退場して行ったのだ。

もしわたしが、もっとずっとスペイン語ができたら、あの男のあとを追いかけて、こう言ってやったことだろう——。

「ホアン、時にはうまくいかないことだってあるさ。でも、世間の人たちからもらう

パンは、苦いものなんだ」

わたしは、こう考える――。

スペインでは、馬やらばが鞭打たれているところを見たことがない。町の路上の犬も猫も、親しげで人なつこい。これは、人間が動物たちによくしてやっている証拠だ。スペイン人たちは、動物たちに残酷なのではない。闘牛は、人間と獣の戦いで、本質的に原始時代と同じくらい古いものだ。戦いとは、美しさの要素もあるが、苦痛もともなうものなのである。

多分スペイン人は、その美しさと戦いのさまを、とてもよく見ることができるので、それにともなう残酷さはもう見えないのだろう。ここにはまさに、多くの目の保養、多くのこのうえなく美しい曲馬的な運動、多くの危険、そして、すばらしい勇気がある――。

だが、わたしは二度と、闘牛には行きたくない。

しかしこのとき、誘惑者の声が、わたしの心の中で意見を述べる――もし、完全なエスパダがいるんだったら、話は別だよ。

フラメンコ

「フラメンコ」とは本来「フラマン〔フランダース〕風の」という意味である。

ところが奇妙な偶然で、フラメンコはフラマン風の要素をまったくなにも持たず、むしろジプシー風、またはムーア風、あるいは半ばオリエント風、半ばフラメンドル〔チェコ語で「大酒飲み」の意。言葉遊び〕風である。

なぜそれがフラメンコと呼ばれるのか、誰もわたしを納得させる説明はできなかったが、スペイン北部の人たちは、それがオリエント風だというまさにその理由で、フラメンコを好まない。

フラメンコは、ギターに合わせて歌われ、踊られ、演奏される。リズムに合わせて手をたたき、カスタネットと木靴のヒールを打ち鳴らし、さらに、それに掛け声が加わる。

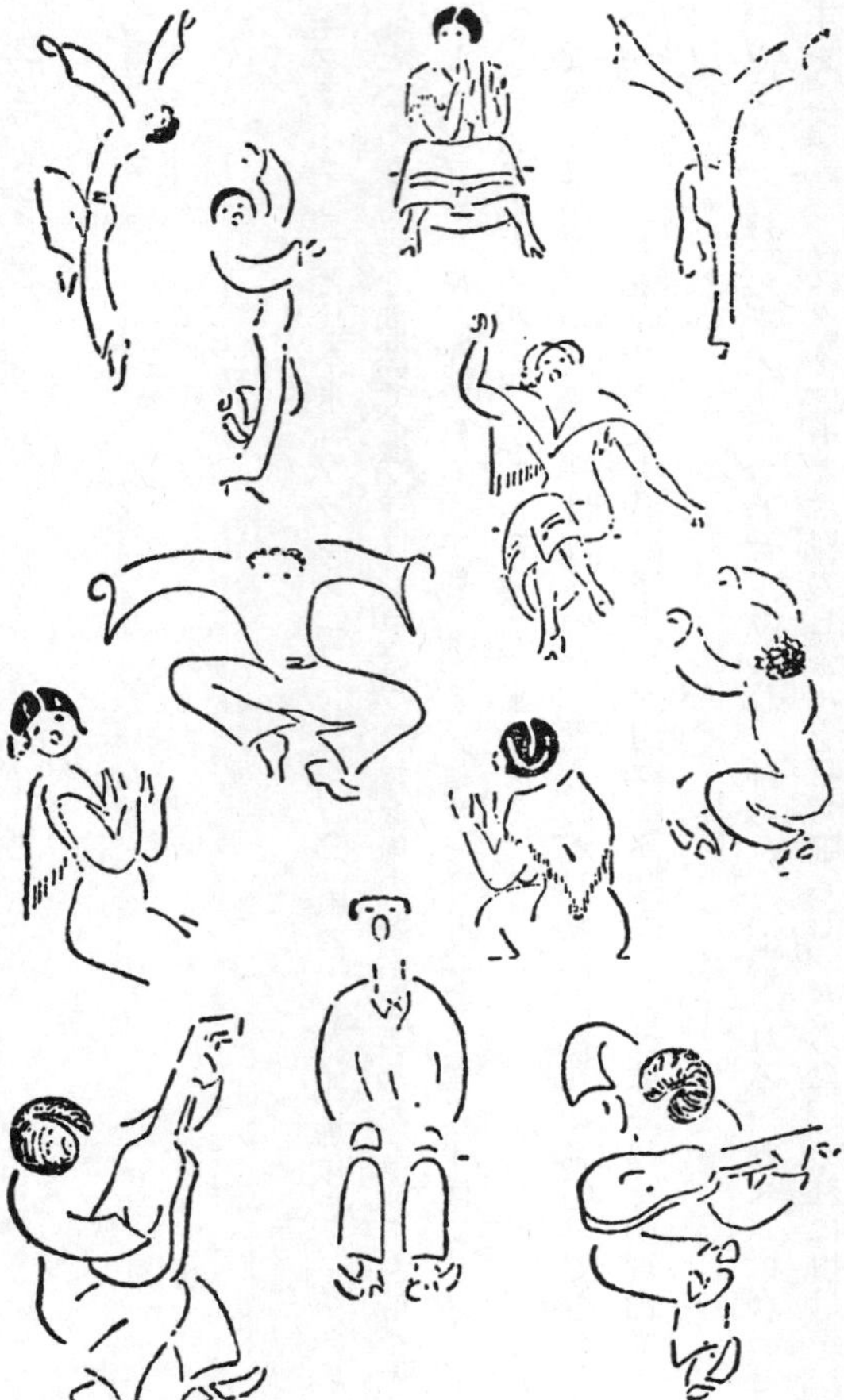

フラメンコの人たちとは、歌手、踊り手、バレリーナとギタリストで、この人たちは、真夜中から、前述のわざを夜の居酒屋で披露する。

そんな民謡の歌い手は、通例「カディスのぺぺ」〔＊1〕とか「マラガのびっこ」とか「バレンシアの上向き鼻」とか「ウトレラの青二才」とか呼ばれている。

ジプシー世界での名声は、いかにトリル〔顫音《せんおん》〕を引っ張れるかによって、境界を越えて広がっている。フラメンコのすべてをご説明するのに、なにからはじめたらよいか、ほんとうにわからない。チェコ語のアルファベット順に、やってみよう。


Alza!《アルサ》 **Ola,**《オーラ》 **Joselito!**《ホセリート》 **Bueno,**《ブエノ》 **bueno!**《ブエノ》

〔うまいぞ！　そら、ホセリート！　いいぞ、いいぞ！〕

Bailar《バイラル》〔踊る〕　アンダルシアの踊りは、大部分ソロである。前奏のギターが鋭く鳴り響き、腰かけている一団がざわつき出し、タクトに合わせて足踏みをし、手をたたき、カスタネットが打ち鳴らされる。だしぬけにその中の一人が立ちあがり、両手を高く掲げ、両足で烈しくダンスの音を床に響かせはじめる。
それはまるで、スロヴァキアの活発な舞踊オドゼメクか、黒人たちのケーキ・ウォ

ークか、タンゴ・デュ・レヴか、コサック・ダンスか、アパッチ・ダンスか、怒りの発作か、情念の表出か、さらには狂乱の動きかと思われ、熱狂的に燃えあがる。そのうちに、カスタネットのぶつかる音と叫び声が加わるようになる。それから、フラメンコ・ダンス独特の回転するような動きで回りはじめ、耳を聾《ろう》せんばかりのカスタネットのリズムに合わせて、情熱的なメロディとダンスのフェルマータが混じり合う。

北方のダンスと異なり、スペインのダンスはただ足だけで踊るのではなく、体全体をよじり、とくに手を高くあげて動かし、カスタネットを打ち合わせる。一方、足は床を踏み鳴らし、踊りまわる。言ってみれば、足はただ、胴体や腰と腕で烈しく打ち鳴らされるカスタネットとヒールのあいだで波打ちながら、ぴんと張りつめて長弓のように反り返った体で踊られる動きにつれて動いているだけだ。

スペインのダンス、それは鋭く切々たる弦のリズム、カスタネット、タンバリン、ヒールの音、そしてなめらかな、漂う波のように踊る肉体のあいだの、神秘的でまさにオーケストラ的な合奏である。

音楽とそれに属するすべてのもの、あの叫び声と拍手に至るまで、まるで心臓の鼓動のように、嵐のごとく高まったり静まったりする、旋回的なテンポを与えている。

しかし、踊る肉体は、それに加えて、なめらかな、酔わせるような、情熱的なヴァイオリン・ソロの奏でるメロディと一体になる。

歓喜にあふれ、魅惑的で、愁いをたたえた踊りは、烈しく圧倒するようなリズムとともに、嵐のような興奮をもたらす。そんなわけだ。

Brindar《ブリンダル》〔乾杯する〕　まるで弦が切れるかと思うような、荒々しいギターの伴奏が爆発する。観衆は叫び声をあげ、踊り手に自分のワイングラスで乾杯させる。

Cantar《カンタル》〔歌う〕　フラメンコの歌《カントス》は、こんなふうに歌われる——ウトレラの青二才《ニーニョ・デ・ウトレラ》または似たような名の歌い手は、ギター奏者たちにまじって、椅子に座っている。奏者たちはピチカートのシャワー、フェルマータ、そして旋律停止をまじえたやかましい前奏をはじめている。

そこへ歌手が、目を閉じ、頭をあげ、手をひざに組んで、カナリアのように歌いはじめる。ほんとうに、鳥のように声を張りあげる。その声は、長く高く上昇して、のどをいっぱいにふるわせた叫びとなり、信じられないほどに引きのばされ、まるで、ひと息でどれだけ長くつづけられるか、賭けているように思われる。

突然、その緊張した声は、変化して長いトリルとなり、長く引きのばしたコロラトゥーラ〔装飾的で華やかな旋律〕となる。ゆったりとその旋律を楽しみ、変化する波を描き、不思議に曲りくねった様子に発展し、けたたましく響くギターの伴奏を背景に、不意に下降し消えていく。

やがてその中に、悲愴感むき出しの叫び声が入り込み、広がり、苦しみもだえるように情熱的なレチタティーヴォ〔朗読調の独唱〕で訴え、鋭いギターのリズムにのって長く酔わせるように展開し、そしてひと息で、さざ波のように長く尾を引く声のアラベスク模様に変わり、鳴り響くギターの音ととけ合う。

あたかも、きらめく柔軟な刃が、変化する8の字や波形を空中に描くようである。同時に、イスラム教の勤行《ごんぎよう》時報係の叫び声のようでもあり、そして、とまり木にとまってがなりたてている、歌に酔ったカナリアのようでもある。

それは野蛮なモノディ〔独唱歌〕であり、同時に妖魔のような職業的な名人芸である。その中には、おそろしく多くの性質が、ジプシーのエクソシズム〔悪魔払い〕の、ある種のムーア文化の、束縛されぬ率直さの性質がある。

これはヴェネツィアのゴンドリエたちや、ナポリの陽気な男たちの、蜜のような声でも、やさしくなぐさめる声でもない。スペイン人たちは、のども張りさけんばかりに、荒っぽく狂ったようにがなりたてる。

その歌は普通、失恋、脅迫、嫉妬と報復を歌う。それは歌の形の警句で、一節ごとに長く引きのばされ、展開されたりゆるめられたりするトリルの波となる。

セギディーリャはそんなふうに歌われるが、マラゲーニャとグラナディーナ、タランタとソレアレス〔いずれもアンダルシアのフラメンコ舞曲〕、そしてビダリータ〔哀調を帯びた愛の民謡〕とブレリーアス〔アンダルシアの民謡〕、そのほかの歌《カントス》もそうだ。これらは、歌の形式よりも、むしろ内容によって区別される。

実際に、セビーリャの町で聖週間に聖母マリアの行進の際に歌われるサエタも、愛を歌うセギディーリャのようなフラメンコの、情熱的で野性的なスタイルと同じである。

Castañuelas《カスタニュエラス》〔カスタネット〕　これは打ち合わされ連打され、ふるわされ、優しくつぶやき、さえずる（わたしは自分でやってみたが、タクトに合わせて打ち合わすだけでも、非常にむずかしい）楽器であるばかりでなく、特にダンスの道具で、ダンスの波のようなうねりの前に指にはめてつかわれ、そして――タンバリンと同じように――両腕を弧を描くように頭上に掲げるのは、スペイン舞踊の美しい基本姿勢となる。

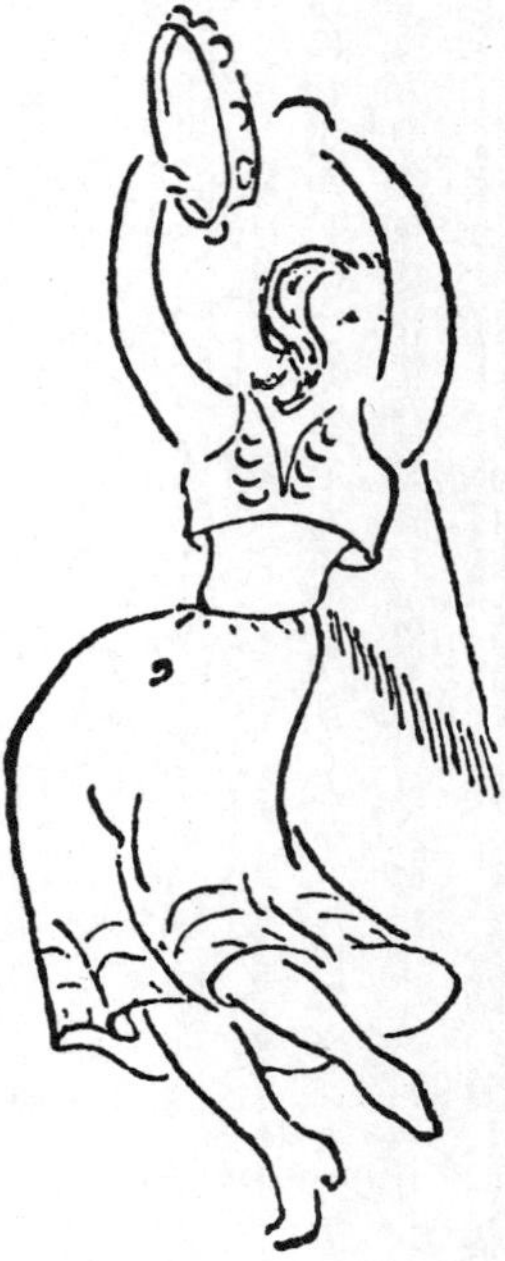

カスタネットの音を聞くと、熱烈な太鼓のリズムをともなう、アフリカの黒人音楽のすべてを思い起こさせる。

そんな嵐のようなダンスの際に、突き抜けるような興奮した叫び声と拍手のリズムに合わせて、耳をつんざくばかりにカスタネットが響くとき、おさえがたい興奮状態に陥り、わたしは今にもその場から飛び出し、熱《ねっ》っぽくステップを踏み出しそうになった。カスタネットの響きは、それほど激しく、頭と足に感じられるものだ。

Cikánky《ツイカーンキ》〔チェコ語。ジプシー女たち〕　この人たちは、トリアナ出身者がいちばん多い。

ダンス用に、長くまつわるスカートをはくが、そのスカートは、昔は脱いでもいた。踊られるのは、本質的にはベリー・ダンス〔腹と腰をくねらせるダンス〕で、床すれすれにまで足を広げて体を曲げる。踊り手の打楽器がつねに燃えあがるように鳴らされ、突き出された腹部がますます激しくくねり、へそと尻が円を描き、両手が蛇のように振られ、ヒールが音高く響き、暴漢の腕の中でもがいているように体が曲げられ、

荒々しい叫び声がする。ジプシー女たちは恍惚感に痙攣《けいれん》し、打ちのめされたように地面に体を傾ける。それは不思議なダンスで、さまざまに変化し、痙攣的な動きを見せる。展開していく性が、近寄り、攻撃し、去って行く。なにか恐ろしい宗教的セクトの男根崇拝のようだ。

Děti《ヂエチ》〔チェコ語。子供たち〕 子供たちが、セビーリャの町の通りで踊っている。一方の手を頭上にかざし、他方の手を腰に当てたみごとなダンスで、軽やかなステップに合わせてスカートのすそをひるがえす。チェコのフリアント・ダンスのように、誇り高く腰を振る、品のよい踊りだ。ダンスグループ中の小さな女の子たちは、まるで小型のフラメンコ・ダンサー人形のようで、小さな靴をはいて、大人たちのように熱烈で攻撃的なダンス・ステップを踏んでいる。

Erotika《エロチカ》〔性愛表現〕 妖艶《ようえん》さが特徴のスペイン舞踊は、愛のたわむれから愛の発作まで、あらゆる部分を演ずる。だがつねに、もっともしかつめらしい対舞《コントルダンス》の場合で

も、いささか挑発的な官能美がある。

タンゴのようにすっかり身をゆだねるものではなく、刺激的で、逃避し誘惑し、呼びかけ、おびやかし、そしていささかユーモアも感じさせる。

それは悪魔的で、情愛たっぷりのダンスである。だが、踊り手の誇りである肉体の金属的なばねが使われないことは、けっしてない。

Fandango《ファンダンゴ》〔四分の三拍子のスペイン伝統舞踊〕　このダンスは、とても長い裳裾《もすそ》（チェコ語で「ヴレチカ」）を引いて踊られる。そのような長い裾で旋回し、軽やかに足を蹴りあげ、狼（チェコ語で「ヴルチェク」）のように方向を変え、ヒールを鳴らす。それは芸術的で、鑑賞にたえるものである。

なぜなら、このダンスはスカートのひだ飾りとレースのペチコートの泡の中から、奇蹟的に飛び出すからだ。

Gitanos《ヒタノス》〔ジプシーたち〕　この人たちは、男女一組で、くどいたり暴力的にふるまったりして、誘惑と抵抗を、パントマイムの形で踊る。

古典的な男と女の役割で踊るが、その際女性は、言ってみればくず扱いで、男は野

獣であり、女を地面に引きずりまわす。しかし、ジプシーの男が一人で踊る場合は、パントマイムの弁解のすべてを投げ棄てる。それから、ひたすら狂乱の動き、跳躍、蹲踞《そんきょ》、飛ぶようなジェスチャーと怒ったような足踏み。ダンスはそれほどまでに真に迫り、まるで解き放たれた火そのものを表現しているようだ。

Guitarra《ギターラ》〔ギター〕　ギターは、ここでは、わたしたちが想像しているのとまったく異なるように響く。それは、武器のように金属的に鳴り、勇壮に粗野に響く。やさしく語り、なぐさめ、甘くささやくのではなく、弓の弦のように鳴り響き、タンバリンのような音を立て、ブリキのように震動する。

これは男性的で激しい楽器で、山賊のような若者が演奏し、鋭くぶっきらぼうなタッチで弦を鳴らす。

Hija. 《イーハ》 **Ola,** 《オーラ》 ***hija!*** 《イーハ》
〔娘。しっかり、娘さん！〕〔通例の掛け声 Ole（オーレ）〕

〔女の子。いいぞ、いいぞ、女の子！〕
Chiquita.《チキータ》 Bueno,《ブエノ》 bueno,《ブエノ》 chiquita!《チキータ》
Jota《ホタ》〔アラゴン、バレンシア、ナバラ地方の民俗舞踊〕 アラゴンのホタは、歌と踊りの両方だ。歌は重い調子で、荒っぽく不思議で、激しく逸脱し、またおさまり、強くムーア風だが、フラメンコのような華麗さはない。韻文の一つひとつが、引きのばされ下降する嘆きの節に変わっていく。とても美しいダンスで、テンポが速く、自由で、高まり急速になっていくリズムを持ち、まろやかな、ゆったりとしたカンティレーナ〔抒情的旋律〕から急発進する。
Muy《ムーイ》 bueno,《ブエノ》 chica!《チカ》 Otra,《オトラ》 otra!《オトラ》
〔とてもいいぞ、女の子！　もう一つ、もう一つ！〕
Ola,《オーラ》 niña!《ニーニャ》 Ea!《エア》
〔しっかり、かわいいベイビー！　さあ！〕
Palmoteo《パルモテオ》〔手を打つこと〕 すなわち拍手。グループの一人が踊っているあいだ、ほか

のメンバーはそのまわりに座って、手のひらを打って拍子をとる。まるでそのリズムの急流を、ギターの滝のような流れの中に響かせずにはいられないようだ。そして叫び声をあげる。床を踏み鳴らす。

ギタリストたちは、椅子の上で身じろぎし、床を踏み鳴らし、叫ぶ。そしてそこにカスタネットが加わる。

Rondalla《ロンダーリャ》〔「セレナードを歌い回る一団」の意。ただしここでは、異なる意味になっている〕おなかの出ているアラゴン地方風のマンドリンで、金属的な響きのような音色を持ち、ホタを歌うときの伴奏楽器となる。

U.《ウー》 ***Ei U***　ウーは、バレンシアの民謡で、トランペットの響きとカスタネットの熱烈な旋律に合わせた、歌手の恍惚たる叫びである。この長くすさまじく緊張したムーア人の鋭い叫びのような、こんなに燃えるような歌を、これまでに聞いたことはなかった。

Zapatear《サパテアール》〔フラメンコで足を踏み鳴らすこと〕　すなわち、リズムを取って足を踏み鳴ら

すこと。

Žízeň《ジーゼニュ》〔チェコ語。のどの渇き〕　これが最後だ。

＊1　「ペペ」は一般にヨゼフ（スペイン名ホセ）の愛称。一八一二年のカディス憲法公布の日と関連。

V

酒蔵《ボデガ》

スペインは、古き良き国がいずれもそうであるように、地方主義を保っている。バレンシアとアストゥリアス、アラゴンとエストレマドゥラのそれぞれの地方のあいだには、千と一つの相違がある。

自然さえもこの地方的な意気込みに加担して、それぞれの地方では異なるワインを生み出している。

おわかりいただきたいが、カスティーリャ地方の各種ワインは勇壮さを鼓舞し、一方、グラナダ地方のワインは重苦しく激しい悲しみを惹き起こさせ、アンダルシアのワインは楽しく親しみ深い感じを与える。リオハのワインは精神をさわやかにさせ、カタルーニャのワインは舌を軽くさせ、バレンシアのワインは心に滲み込む。

もう一つ、おわかりいただきたいが、現地で飲まれるヘレス、つまりシェリー酒は、

わが国で飲まれている調整されたシェリーとは似ても似つかないものだ。明るい色をして、酸味を帯びたほろ苦さでまろやかにされ、オイルのようにやわらかいが、同時に野性的である。なぜなら、船乗り向きのワインだからだ。褐色《かつしょく》のマラガのワインは、香り高い蜜のように濃厚で粘りけがあり、火のような情熱が秘められている。

サン・ルカルには、マンサニーリャと呼ばれるワイン〔アンダルシア地方の辛口のシェリー〕がある。その名〔スペイン語で薬草の「カミツレ」「小粒のオリーヴの実」などの意味がある〕が証明するように、このワインは若くて元気がよく、世俗的で愛想がよい。マンサニーリャを飲めば、順風を受けた帆のように軽やかに、漂う気分になる。

ところで、どの地方にも、その土地ならではの魚やチーズがある。それは、変わったサラミや、ブラッド・ソーセージや、豆やメロンや、オリーヴやぶどう、菓子などなど、その地方への神の贈り物があるのと同様である。

そこで、年配の信用のおける著者たちは、旅は人を利口にする、と語る。そして遠い国々に教養をさがし求めようとする旅人は、誰でも、貴重で肝要なのは良き居酒屋である、とあなたがたに保証する。

アストゥリアス王国〔＊1〕の諸王はもはや存在しないが、アストゥリアスの燻製《スモーク》チ

ーズは残っている。

アランフェスの美しき日々はもはや過ぎ去った〔＊2〕が、アランフェスの苺《いちご》は、今日《こんにち》でも、その歴史的栄光を享受している。

大食家や美食家である必要はない。あなたがたの食物を、時と場所の神々のもてなしとさせよ。わたしはロシアではキャビアを、イギリスではイギリス風のベーコンを食べたいと思う。だがそれなのに、イギリスではわたしにキャビアを、スペインの地ではイギリスのベーコンを食べさせてくれた。

万国の愛国者たちよ、わたしたちに対して裏切りが行なわれている。国際的な大都市でも、第四インターナショナル〔＊3〕でも、国際的なホテルの経営者ほど、われわれをおびやかしてはいない。

紳士諸君よ、わたしは誓願する。彼の陰謀に対して戦おう、各地の正統な食べ物を求め、聖なる古来のさまざまな戦いの叫び声をあげて。チョリソを出せ、恥を知れ、子牛の脚《カルプスハクセン》だ、縛り首にせよ《ア・ラ・ランテルヌ》〔＊4〕、マカロニだ、カテージ・チーズだ、ポリッジ〔イギリス風のかゆ〕だ、カマンベールだ、消え失せろ《ペレアート》、マンサニーリャだ、つまり、その他多くの言葉である。そして、場所と闘志に従ってどれかが選ばれるのだ。

＊1　八〜十世紀のスペイン北部のキリスト教徒の王国。
＊2　ドイツの作家F・シラーの劇「ドン・カルロス」からの引用。アランフェスはスペイン中部の町。
＊3　国際労働者連盟。当時は第三インターナショナル、通称コミンテルンが存在した。
＊4　「ア・ラ・ランテルヌ」はフランス革命のときの合い言葉。

スペイン風の帆船

その帆船《カラベーラ》は、グワダルキビル川の黄金の塔《トーレ・デル・オーロ》の近くに碇泊している。その塔で、スペインの船がペルーの黄金を積みおろしていたのだ。

そこでは、クリストファー・コロンブスが乗船してアメリカを発見した帆船サンタ・マリア号が見物できると言われる〔＊1〕。

わたしは、なにかコロンブスについて思いつくのではないかという希望を持って、その船を見物に出かけ、甲板から上までずっと回ってみた。コロンブスの船室でベッドに横になり、そこの衛兵の番号札を一つ、おみやげに失敬した。それは、明らかにコロンブスが使った机の上にあった。

小型隼《はやぶさ》だったか蛇だったか、その古い大砲をなんと呼ぶのかわからないが、手に取ってみた。その際、緑色の弾丸が突き出ていたので、足をぶつけそうになった。しかし、それ以上はなにも発見しなかった。ただ、不思議に思ったのは、この有名な船が、意外なほど、小さいのである。プラハの行政部なら、プラハのズブラスラフ地区までの人員輸送にさえ許可しないだろうと思う。

だが上のほうで、デッキで、わたしは、わたしたちの背後の公園ではイベロ・アメリカ、つまりラテン・アメリカの展示会が開かれていることを思い出した。それが閉じられるときには、セビーリャの町には大きなイベロ・アメリカの大学が残り、わたしを含めたセビーリャの住人たちが望んでいるように、メキシコやグアテマラ、アルゼンチンやペルーやチリからの若い紳士《カバレッロ》たちがやって来るだろう。

この瞬間わたしは、スペインの愛国者になりたいという強い衝動にかられ、喜んでこう言いたくなった——。

みなさん《オンブレス》、考えてみてください。海のかなたには、実際に、何百万かわからないほど多くの人たちがいて、マドリードのアカデミーの辞書に従って、スペイン語を話しているのです！

棗椰子《なつめやし》の実のようないろいろの小さな国があるけれども、それは一つの民族で、もしきちんとあてはめて考えれば、すべてが一つの文化にもなるでしょう、

NORTH
AMERICA
HOLLYWOOD
NEW YORK
MEXICO
Irun
ZORTZICOS
ALALÁ
Montserrat
IBERO-
JOTA
SARDANA
BARCELONA
MADRID
Toledo
AMERICA
Sevilla
FANDANGO
Jerez
Manzanilla
Malaga

わかりますか？

ご想像《サベ》ください、紳士諸君、それぞれマドリードのアカデミーの辞書を持った人たちがすべて、一つのロープにつながった様子を。その瞬間に、ここには何かが、国際連盟でも達成しなかった何かが存在するでしょう、ここにはユーロ・アメリカが、白人種の大陸間協定が存在するようになるでしょう。

ハロー、ふたたびアメリカが発見されるでしょう。ただ、考えてください、わたしたちイベリア人が、いかにして輸送量や品質に関する諸大国間の永遠の争いの図を、拭い去ろうとするかを！

友人《アミーゴス》のみなさん、イルンやポルトボウ〔＊2〕を通ってここへやって来る外国人《エストランヘロ》はみんな、ただ目を見張り、わたしたちスペイン人から何か大きな世界的なものがのぞいていたことに気づいています。いまいましいことに、それはいったい、どこに残っているのでしょう？

ゴヤとセルバンテスの名において、それをもう一度、復活させましょう！

そんなふうなこと、それと同じようなことを、わたしは彼らに言いたい。なぜなら、コロンブスの帆船を思い出させるような船を足の下に踏みしめると、なにかアメリカ

を発見したいという切実な欲求のようなものを感ずるからだ。

わたしはアメリカを発見したわけではなかったが、この国で、なにかそれに近いものを見出した。わたしの考えでは、それはナショナリズムと呼ばれるものだ。ここで、この民族は、他の民族が——イギリス人を考えに入れなければ——自身の生活の基本的性格を保持しているのにくらべて、それ以上のことを達成した。

女性のマンティーリャから、アルベニス〔*3〕の音楽まで、家庭の習慣から街頭の商売まで、紳士からろばまで、国際的な文化的塗装よりも、自分の旧来のスペイン性に優位を与えている。そうさせているのは、おそらく風土的な、またはほとんど島国的な位置かもしれない。

しかし、主として、みなさん、それは性格的な問題なのです。ここでは、紳士の一人ひとりのあごを支えて、しゃんとさせているのは、その出身地方の誇りなのだ。カディスの男（カディターノ）は自分がカディスの出身であることを自慢し、マドリードの男（マドリレーニョ）はマドリードの出身であることを、アストゥリアスの男（アストゥリアーノ）はアストゥリアス出身であることを誇りにしており、カスティーリャの男（カスティリアーノ）は全体的に誇り高い。なぜなら、その名前のそれぞれがまるで紋章のように、名誉あるものだからである。

その結果、わたしが期待するように、セビーリャの男は、よき国際的ヨーロッパ人になるために妥協するところまでは、けっしていかない。マドリード人にさえなろうとしないからだ。

スペインのより深い秘密の一つは、その地方主義、とくに自分の地方への忠実さであり、それはヨーロッパの他の地方ではいくらか消滅している。地方主義とは、自然と歴史と人間とが一体となって作り出すものである。

スペインは、まだ自然のままであることをやめていないし、これまでにその歴史から身を退けることはなかった。それゆえに、これほど多くのものを保持できた。

そしてわたしたち他国の人間は、一つの民族として存在することがいかに美しいことであるか、いささか驚きをもって知ることができるのだ。

＊1　一四九二年にサン・サルバドル島に到着、その後、座礁したサンタ・マリア号を、船板からロープの末端に至るまですっかり模した船。
＊2　イルンもポルトボウも、スペイン・フランス国境の町。
＊3　イサーク・アルベニス（一八六〇〜一九〇九）。スペインの現代音楽派の創設者。

椰子《やし》の木と、オレンジの木

ドン・キホーテの舞台であるラ・マンチャの地方を、わたしはジプシーのように黒い夜陰のあいだに通り抜けたので、そこには実際に巨人たちがいるのか、または風車があるのか、申しあげられない。だがそのかわりに、とくにムルシアとバレンシア地方で見たものを全部並べてご紹介することができる——。

黄色かまたは赤い岩山、白い石灰岩の断崖、そして背後の青い山々。それらの岩山、断崖、山の上には、ムーア人の砦やキリスト教徒の城、または少なくとも別荘、礼拝堂または鐘楼《しょうろう》の廃墟がある。

バレンシア地方の町、モンテサの巨大な褐色《かっしょく》の廃墟、同じくバレンシアの町、ハティバの塔と胸壁が残る城跡、ありとあらゆる城と砦と見張台。プイグの城とさまざま

Los olivos

Los naranjos

な城壁、ハンニバル戦争以来の歴史を持つサグントの城跡、岩山の上にある町、すなわちアクロポリスのすべて、そして城壁に囲まれた都市ベニカルロー。岩山の山腹の褐色と赤の荒地、茂った茅《かや》、樫《かし》の木、タイムの花の房、ローズマリー、テウクリウムとサルビア。

荒れた斜面は、まるでかまどから引き出された陶器のように焼けて、それよりもっと熱い。そしてそれらの眼下にオリーヴの果樹園があり、灰色と銀色に光り、わが国の柳のようだが、幹は節だらけでねじ曲がっており、マンドラゴラ（根が人体に似ているとされる植物）、妖精、またはなにかずっと人間に似たもののように見える。

そして、オリーヴの木々のあいだには石造りの乾いた民家《プエブロ》が建ち並び、城のような教会、家々のブロックが、そして近くの山の上には大きな廃墟がある。

さらに無花果《いちじく》の果樹園、大きな葉と乱れた木々がある。そして濃く茂って豊かな鳥のえんどう《アルガローベス》、それには聖ヨハネのパンの豆さやがついている。そして棗椰子《なつめやし》の木、勝利の栄冠を高く掲げる椰子の木（パルマス）がますます増える。

椰子《やし》の茂み、椰子の木に埋もれた小さな町、きらきら光るファヤンス焼のドームとイスラム寺院の尖塔が椰子とバナナの木のあいだにあり、その上方にふたたび城らしきものが見える。

Las palmas

この両地方の灌漑《かんがい》農業地帯、稲田、桑畑、ぶどう畑と何へクタールものオレンジの果樹園、つやのある厚い葉と黄金色の実をつけた球形のオレンジの木々《ナランホス》、そして、それより大きく、むしろ梨の木に似ているレモンの木。

わたしが見た中でもっとも豊かな地方、灌漑地帯《ティエラ・デ・レガデイオ》、その溝と運河によって、実りをもたらす水が、いまだにローマ時代の農民やムーア人の建築家のやり方に従って流れている。そしてこの黄金の土地の上方に、青い丘の上に砦、塔、そしてムーア人の城の歯のように並んだ城壁がある。

青と金色のタイルのドーム、褐色の人間たち、そして黄金の雰囲気のバレンシア。その空気には、海の息吹き、魚の匂い、オレンジとシロップの芳香がまじる。

海、海、明るい海、炎のような、燃えるような、しわの多い、褐色の岩山の足もとで泡立ち、砂浜をなめるように打ち寄せる海、紺碧の海、うかがい知れぬ海。瘴気《しょうき》を放つ礁湖、岩場の入江、水平線に浮かぶ漁船の帆の翼。

アルコルノケス、ほとんど黒色の、硬くコルネットのようにねじれた葉をもつコルク樫の森。死に絶えた岸辺の塩水を含む砂浜の松林。丘の上の砦と別荘。

かくて海と左右の山々——何ものをも逃さぬためには、いずこを見るべきか？——かくのごとく海に漂うべきか、さもなくば、かの山中にこもる隠者となるべきか、漁

Los alcornoques

Los pinos

に出て行くべきか、さもなくば、ワインかオイルをしぼるべきか。見よ、かの赤紫の岩山を、かくのごとく赤き岩山は当地以外のいずこにも存在せず。見よ、オロペサを、岩山にかかる小さき町を。千年の昔と変わらぬさまにたがいなし。いかなる民族が当時住みたるかは知らねども。

トンネルを通過するたびに、まるでピリオドが打たれ、そのあとから新しい章がはじまるようだ。

――そして、この地域のどの場所がそんなに変わり、その変化がどんな点であるかは言えないだろうけれども――だしぬけになにか別のもの、もはやアフリカではなく、なにかよく知っているものを思い出す。それはマルセーユのコルニシュか、リヴィエラ・ディ・レヴァンテかもしれない。

今や、ふたたびラテンの国、おだやかにきらめく地中海の低地に出る。自分がどこにいるのか地図で探すと、そこはカタルーニャという名前の場所であることを知る。

ティビダボの丘

ティビダボとは、バルセロナを見おろす丘である。丘の上には教会、カフェ、そしてブランコ、さらに特別なことに、海と土地と町に向かっての見晴らし台がある。

その場所から見ると、上述の海は、淡く立ちのぼる霞につつまれて光り、土地は緑色とばら色に輝き、町は白い家々で、とくにやわらかくきらめいている。

またはフォント・デル・リェオのテラスからの眺め、それは美しいものだが、丘と海のあいだの町は輝いて、まるで軽いワインのように陽気にさせる光景だ。

または展示会開催中のモンジュイックの斜面での夕方。噴水や滝のすべてがイルミネーションで輝き、ファサードや塔もこのような光のたわむれに加わるので、もはやどう描くべきかもわからず、ただただ、頭がくらくらするまで見ているだけである。

これらのおとぎばなし的なものとは別に、バルセロナそのものがある。この町は豊かで新しさを装い、その財力、その産業、その新しい階級、デパートや別荘を、いささか鼻にかけている。

右に左に何キロメートルもあるが、ちょうどポケットの底のような中央部だけに、古い町の家並が、いくつかの古風で権威あるもののまわりに身を寄せ合っている。

中心にあるのは、たとえば大聖堂、市の公会堂と議会《デイプタシオン》、ぎっしりと密集した狭い街路、それらを横切って走る有名なランブラス大通りで、そこでバルセロナの人たちはプラタナスの木の下にひしめき合って、花束を買ったり娘たちを見まわしたり、革命を起こしたりした。

全体として活発できれいな町で、その繁栄を鳴物入りで示し、周辺の丘を攻撃し、ご当所の風変わりな建築家ガウディについても、派手に大宣伝している。ガウディは、その巨大な聖家族大聖堂《サグラダ・ファミリア》の基体の、未完成の身廊と円錐形の塔を、熱烈に天高く振りかざしたのだ。

そして波止場、そこはいずこの波止場とも同じように、汚く、うるさく、バーとダンスホールと劇場の帯に取り巻かれ、夕方になると、そこのオーケストラと色とりどりの照明でけばけばしくけたたましく、荷役人足たち、マドロス、ごろつきたち、ずんぐりした女の子たち、喧嘩屋たちと、波止場のねずみたちが集まって、野卑で暴力

的で、マルセイユよりも大きな淫売宿、ロンドンのスラム街、ライムハウスよりあやしげな巣窟、陸も海もその不潔な泡を吐き出すごみ棄て場になる。

そして郊外の労働者地区、そこではポケットの中で握りしめた手と、狂信的で挑戦的な目を見る——きみ、それはあの心配のいらぬトリアナの人たちじゃない、鼻をきかせて、なにかきな臭いのに注意しろよ。

夕方になると、市の中心部からたくさんの人影が列になってやってくる。足には紐つきの靴《エスパドリーリャ》をはき、腰のまわりには赤い帯を巻き、くちびるにはシガレットを貼りつけ、帽子を目深にかぶっている。それはただの影なのだが、よく見ると人の群れである。挑戦的でけわしい目の人たちだ。

そしてここ、この町の内部には、スペイン人であることを望まない人たちがいる。さらに周囲の山々の中には、スペイン人でない農民たちがいる。ティビダボの高みから見れば、この町はきらめき燃える町である。しかし、近づくにつれ、まるで食いしばった歯のあいだから、速くて激しい息が洩れるのを聞くような気がする。

一方、バルセロナはその光のすべてを放射し、ほとんど熱烈に楽しんでいる。劇場は真夜中にも開いているし、午前二時でもバーやダンスホールは満員だ。無言で陰気な人の群れが、ランブラス大通りと遊歩道《パセオス》に身動きもせずにたむろしている。そして突然、音も立てずに姿を消す。それは、同じように無言で陰気な警官の騎馬隊《カベルカーダ》が、鞍に小銃をかまえ、不意に街角に浮かびあがるときだ。

カタルーニャの輪舞

そしてカタルーニャの人たちよ、わたしにとってもっとうれしいのは、あなたがたが自分のサルダーナ〔カタルーニャ地方の輪舞・音楽〕を踊り、鳴り響く味わい深い音楽を演奏し、山羊のような声で鳴き、羊飼いの笛を吹き、正真正銘の地中海の音楽を聞かせてくれることだ。

それはもはやムーア人たちの長く尾を引く叫びでもなく、ギターの暗い情熱でもない。田舎風で、粗野で、陽気で、この地方そのものである。

というのは、この地方は南フランスのプロヴァンス地方に似ているからだ。

たとえば、ここはスペインのほかの地方のように岩山が多くはなく、プロヴァンスの丘と同じ程度である。また、ムルシア地方のような椰子《やし》の木は育たず、リヴィエラのような椰子が生えている。

ごらんのように、その相違は微妙で、そう簡単には表現できない。それはあなたの呼吸する大気の中に、人びとと人びとが住む緑のシャッターのついた家の中に存在する。だが、主として、まったく素朴にそこにある。

この地方の人びとに関して言えば、足にはアルパルガタスと呼ばれる、白く編まれたズック靴をはいているが、それはローマ風のサンダルを連想させる。あちこちで赤いフリギア〔小アジアの古王国〕風の帽子を見かける（その帽子はバレティーナとかなにかそんな名前だ）。そして青い目で褐色《かっしょく》の髪をし、小肥りで短身の人が多い。

なにかここには、音楽からワインの味、人間にも自然にも、あらゆるものの中に、北の国と関連するものがあった。ここでは、自然はすでに落葉樹を優先させている。最初に見たプラタナスの黄色い葉は、故郷か

らのあいさつを感じさせた。

ここでは、人はもはや南の地方のようにパティオでは生活せずに、街路で暮らしている。子供や犬や母親たち、酔っ払いや新聞を読む人、らばと猫、すべてが門前や歩道の上で生活している。多分それゆえに、この国ではこんなに容易に、群衆や街頭の騒乱が生まれるのだろう。

だがもし、何がわたしをいちばん驚かせたか言わねばならないとしたら、それは王

宮の前の衛兵たちだった。なぜなら、衛兵たちは、足にはカタルーニャ風のズック靴をはき、頭にはシルクハットをかぶっていたのだ。
わかってほしいが、シルクハット、ズック靴、そして銃剣は、奇妙な、慣習的でない取り合わせである。しかし、結局のところ、それはカタルーニャの国を意図的に表現している。
この国は、スペインの他の諸王国のあいだでは、田舎風で商人的なのである。

ペロタ

バスク地方のペロタとは、犬の皮でできた固いボールを用いた球技〔＊1〕である。

一定の距離をおいて聞くと、そこでなにか騒動が起こったにちがいない、その猛烈な騒ぎの中で撃ち合いがはじまるぞ、と考えるかもしれない。

しかし近づいてみると、選手たちも、見物人たちも、騒いでいるのではない。わめいているのは賭けのブローカーたちで、この連中が観衆の前を行ったり来たりして、選手のチームを区別する青か赤か、どちらに賭けるかを取り仕切っているのだ。

演劇的な観点から見ると、このブローカーたちがもっともおもしろい見世物である。猿のようにわめき、跳びはね、手を振り、指を広げて賭け金を示しているからだ。

同時にブローカーと見物人のあいだで、空のボールに入れられた賭け金と賞金が投げかわされる。ボールはまるで、猿の群れが占領している木の上の固い実のように、あなたの鼻先をかすめて飛んでいく。

賭けが行なわれてこの熱心なゲームが展開されているあいだに、観衆の目の下では、より狭い意味でのペロタのゲームが開始される。

このスポーツは、右手に皮の手袋でしっかりと固定された、とても長く編まれたさやまたは細い小さな飼い葉桶のようなものを持って、二対二の男性たちによって行なわれる。

そのさやの中に、セニョール・エロラは飛んでくるボールをすっぽりと収め、そしてピシャリと、そのボールをフロントンと呼ばれる高い壁に打ちつける。ボールは音高くはね返り、発

射された弾丸のような速さで戻ってくる。

バン、すでにボールをセニョール・ガブリエルが自分のさやに収め、それを壁めがけて発射する。

ピョン、と今度はセニョール・ウガルデが、自分のさやを用いて空中でとらえ、ラケットを回転させて、ボールを爆弾のようにフロントンにたたきつける。

そしてまた、バン！　すでにセニョール・テオドロが自分のラケットにボールを収め、それを壁に投げつけて轟音を響かせる。

今度はふたたびセニョール・エロラの番で、バウンドするボールをとらえる。これはスピードを落とした映像のようなものだ。現実には、四人の白い姿が、それぞれの線上で跳びはね、バン、ピシャ、バン、ピシャ、バン、ピシャと

応酬するのを見、その上をボールがほとんど目にもとまらぬ速さで飛ぶのだ。

競技者がボールをとらえ損ねたり、ボールが床の上で二回はねたり、またはほかのよくわからぬエラーが生じたりすると、一回分が終わり、相手のチームが得点することになり、ブローカーたちは手を振って、恐ろしい叫び声をあげて、新しい賭けを呼びかける。

このようにして、さらに六十点またはそれくらいの点数までいく。すると新しい赤チーム（ロホス）と青チーム（アスレス）が登場し、ふたたびはじめから進行していく。一方、観衆は、ルーレットの遊び手のように交代する。

ごらんのように、これはかなり単調なスポーツである。とくに「ボール取り」というような初歩的で世俗的な言葉を使って呼ぶ場合はそうだ。

実際には、それは「取ること」ではなく、一種の魔術である。そのさや、ラ・セスタ〔スペイン語、一般には「籠」の意味〕と呼

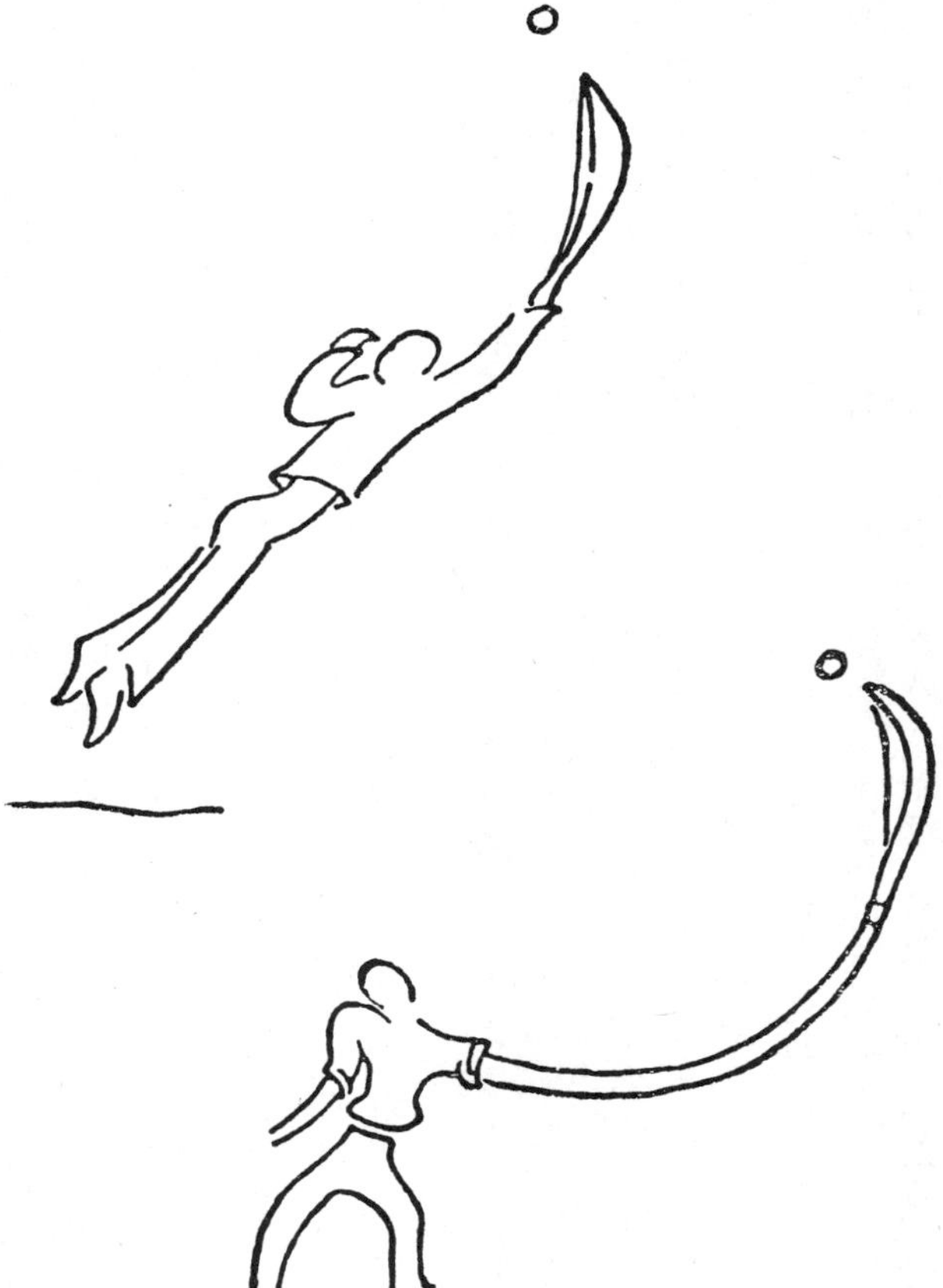

ばれるラケットは、手のひらの幅で、そのボールは、明るい流星とほぼ同じ速度で飛ぶ。

先日、ボールが壁からはね返って見物人たちの中に飛び込んだそうだ。すると、四人の競技者は電光石火のごとく姿を消したが、それは、そのボールが観衆の中の誰かを殺してしまったと思ったからだ。

そこで、そのようなボールを取るのは、兵隊の鉄砲から発射される弾丸を、スプーンで受けとめるようなものだろう。しかもこのペロタの選手《ペロタリ》たちは、ボールがどこへ飛ぼうとも、すばやい雨燕《あまつばめ》が蠅をとらえるような、動物的な確実さでそれをキャッチするのだ。

手をのばすと、もうボールを収めている。空中に飛びあがると、もうボールをとらえている。ラケットをうしろへ突き出すと、もうボールが入っている。

ペロタとくらべれば、テニスは、蠅たたきで蠅を追うように見える。そして同時に、この手品や跳躍やとんぼ返りを、目に見えるようなどんな派手さも苦労もなく、まるで鳥が蚊をとらえるように、やすやすとやってのける。バンと音を立てる、ボールは壁にぶつかる、というわけだ。運動選手の力を込めて投げられねばならない、とさえ見えない。このスポーツは、それほどファンタスティックで単調である。

このスポーツをするのは、ただバスク人やナバラ人たち、山の民である。

バスク人たちは、その円い帽子「ラージオフカ」〔チェコ語、「ベレー帽」の意〕を世界に提供したが、それはスペイン語で「ボイナ」と呼ばれ、もちろん、わが国でもストラコニツェ〔南チェコの町〕で生産されている。

バスク人たちは、フランスのA・メイユ教授〔＊2〕がわたしに主張したところによれば、地中海全域の原住民で、高地カフカス〔コーカサス〕のいくつかの部族と親縁関係にある。バスク人の言葉はとても複雑で、これまで十分に研究されていない〔＊3〕。そしてその人たちの音楽は、ドゥルサイナと呼ばれる、クラリネット風の笛〔＊4〕で演奏され、太鼓の伴奏がつく。

バスク人はヨーロッパで最小の民族である。おそらく消え去った、伝説の大陸、古代アトランティスの人たちかもしれない。この勇壮な名残さえも、いつかは消え去るとしたら、それは罪なことであろう。

＊1　「ハイアライ」に発展したバスクの伝統的球技。
＊2　インド・ヨーロッパ語比較文法の大家。
＊3　一般には、バスク語は近隣の諸語との親縁関係が不明とされる。
＊4　チャルメラ風の木管楽器。

鋸《のこぎり》山《やま》モンセラート

遠くから見ると、いかめしく丸っこい山で、ほかのカタルーニャの山々より胸一つ飛び出している。

だが近づけば近づくほど、それだけ驚いて頭を捻り、ついには「わたしは狂ってる」、そして「こんなものは生まれて初めて見た」とつぶやきはじめる。

古い経験が保証しているように、遠くからよりも近くからのほうが、この世の物事が不思議に見えるものだ。

なぜなら、バルセロナからはコンパクトに塊《かたまり》となって見えるものが、ずっと近くから見ると、何本もの列柱で組み立てられている山のように見えるからだ。いや、それは山というよりも、むしろ教会の建築のように見える。

下のほうには赤い岩山の台座があり、その上に、塔のような岩の柱が何本も高くそびえている。その上に新しい巨大な列柱を持つ回廊のようなものがある。そしてそれらの上に、そのキュクロプス〔ギリシア神話の片目の巨人〕的なコロナード〔柱廊〕の三階が、一二〇〇メートルの高さに突き出している。

「わたしは狂ってる、あなたがたに言うが、こんなものは生まれて初めて見た」。きれいな曲がりくねったハイウェイを登って行けば行くほど、それだけ息をひそめる。眼下には切り立つ断崖の裂け目リョブレガートが、頭上には切り立つ塔モンセラートが。

そしてその両者のあいだに、本体を離れたバルコニーの上のようなところに、聖なる修道院と聖堂、何百台もの自動車やバスやボギー車のためのガレージ、そしてホスピス、すなわち旅人接待所があり、そこで、この記念碑的な騒々しい隠遁《いんとん》所の中で、ベネディクト派の神父たちのところに宿泊できる。

この修道院には、おそらくほかのどの修道院にもないと思われる図書館があり、木と豚皮で製本された何冊もの古い稿本から、キュビスム〔＊1〕についての書物だけを並べた棚まで揃っている。

しかし、そのほかにまだ山の頂上、サン・ジェローニがある。

そこへ行くには、完全に垂直な、鰯《いわし》の缶詰のようなケーブルカーがあり、それに乗

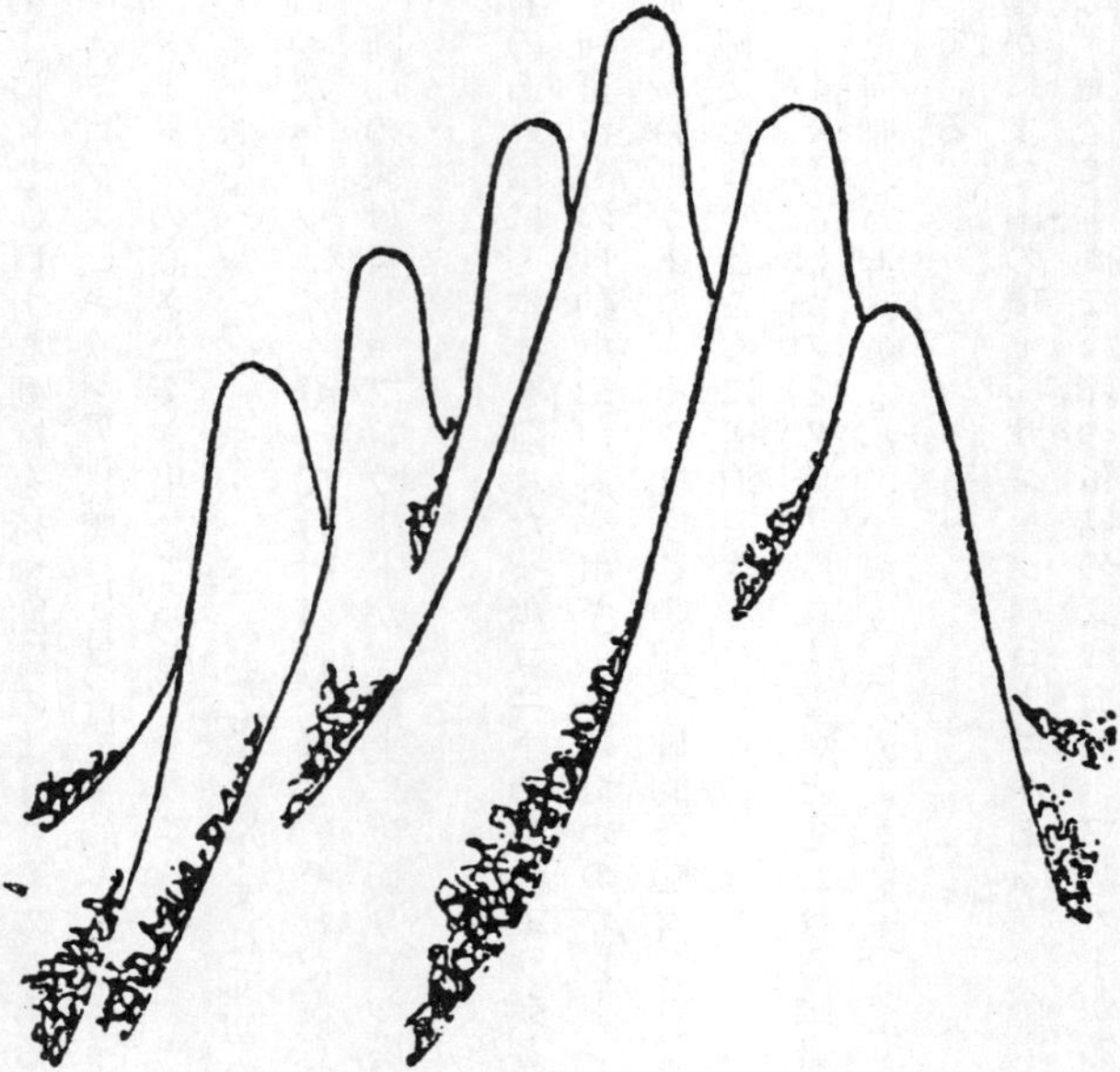

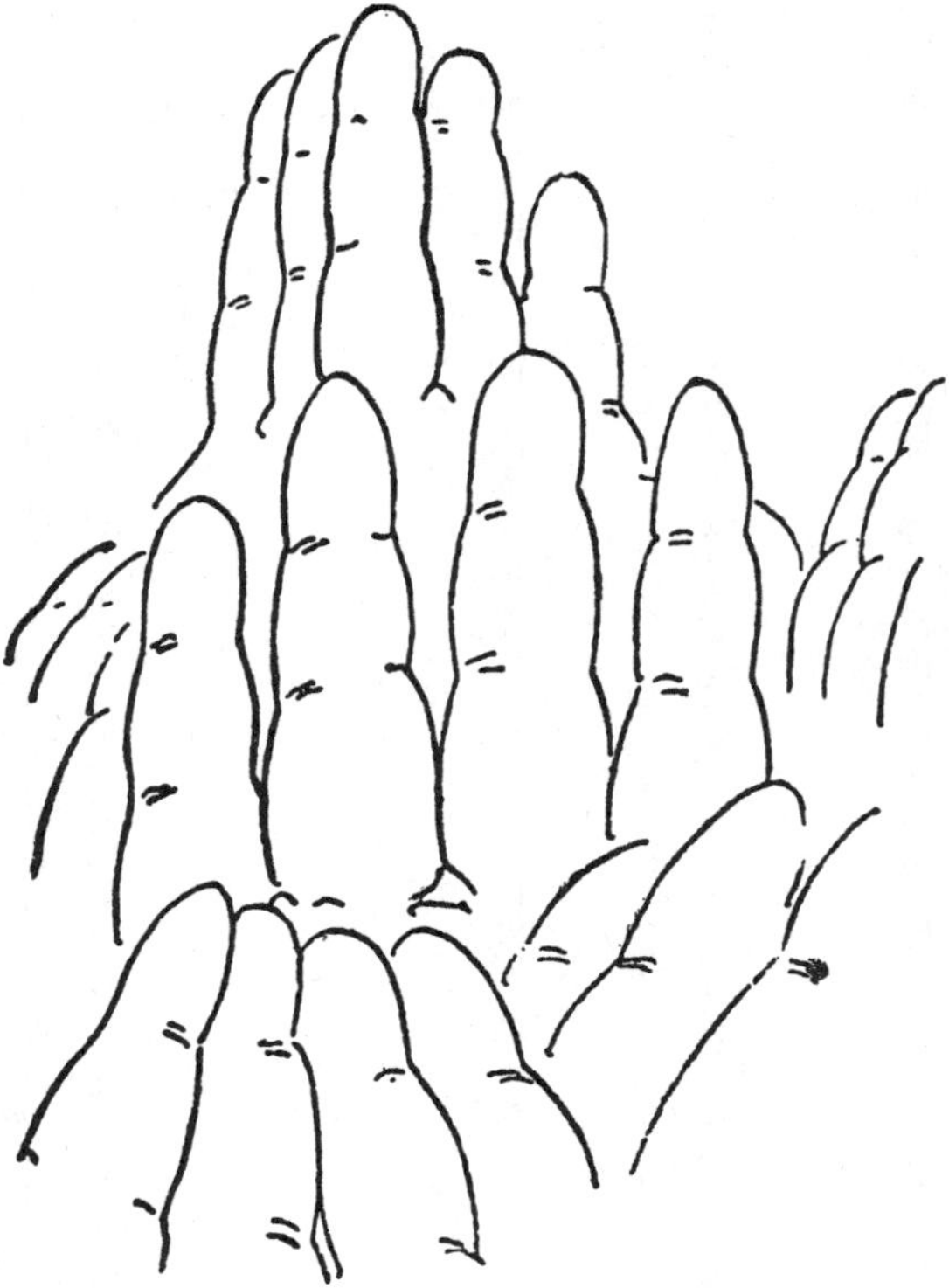

って、教会の塔へのロープをたよりに、ぎっしり詰まって昇ることになるだろう。だが、その缶詰の中に座り、それが落っこちて「おさらば！」となることに少しも恐怖を感じないような、元気で勇敢な顔をする。やがて頂上に着いて降りるとき、まず何を見るべきかわからない。

そこでわたしが整理してさしあげよう——。

一　植物を見ること。それらは下からは、まるで差し上げられた巨大なその腕の腋毛《わきげ》のように見えるが、近くから見ると、このうえなく美しい茂みで、常緑のベルベロ〔目木《めぎ》の一種〕と柊《ひいらぎ》、柘植《つげ》と錦木《にしきぎ》、銀梅花《ぎんばいか》、そして月桂樹と地中海性のヒースから成っている。

わたしは狂っている、こんな自然の公園は生まれて初めて見た。ここの頂上の、小石まじりのセメントで固めたように見える、この固い凝結した岩山の裂け目の中にある、こんな茂みは。

二　モンセラートの塔と列柱のような岩山を、チェコ語で言えば「悪しき谷《ズリー・ウードリー》」の恐ろしい露出した断崖を見ること。

この谷は、キリスト様の磔《はりつけ》の日に開けたと言われている。この岩山がどんなものに似ているかについては、さまざまな学説がある。一説によればピケットラインに、ほかの諸説によれば、マントを着た修道僧の行列に、または楽器のフルートに、または抜かれた歯の根に。

しかしわたしは、自分自身の目でそれを見て、祈りを捧げるかのように合わされのばされた指に似ている、と固く信じる。なぜなら、モンセラートの山は、千もの指で祈り、人差し指をあげて誓い、巡礼者を祝福し、そして証《あかし》を与えているからだ。この山は、その目的のためにつくられ、すべてのほかの山の上に置かれたのだと、わたしは信じている。

さらにわたしが信じていることは、もはや場ちがいであろうが、サン・ジェローニの頂上に

座って、その無限で幻想的な自然の大聖堂の、もっとも高いドームであり、同時に中心になるのはどこだろうかと、そんなことを考えていた。

三

それから周辺一帯に、緑とバラ色の山波の、見渡す限りの土地に目をやる——カタルーニャ、ナバラ、アラゴン。

きらりと光る氷河のあるピレネーの山々。山裾のあちこちの白い小さな町。不思議な丸い山々、それらは層をなして重なり、まるで限りなく大きな櫛でくしけずられた髪のようだ。またはむしろ、その山々の上には、この国を作り出した指がつけたうねうねとしたその跡がまだ残っているかのようだ。

モンセラートの山頂から、神の親指がつけた跡が見える。その指は、このあたたかく濃い赤紫色に匂う土地を、特別な創造者の喜びにかられて形づくったのである。

そのすべてを見、驚異に感嘆したあとで、巡礼者はわが家への帰途についた。

*1　一九〇八～九年に、パブロ・ピカソとジョルジュ・ブラックが主導しフランスで起こった美術動向。遠近法の放棄と形態の単純化・抽象化を特徴とする。

帰途

わが家への帰途。わたしはまた四つの国を通過しなければならないが、なにを見ても、ぼんやりと、まるで数珠の玉のように指のあいだから落としてしまう。もはやただ帰るだけ、なのだから。

帰りつつある人は、列車の一隅に体を押しつけて、目を半分閉じる。もう十分だ、もう十分だ、この通過と別離は。もうそのすべて、うなずくやいなや、過去へと消えていくものは十分だ。もはやふたたびわが家に、大地に突き刺された棒のように、根を据えることだ。朝晩自分のまわりに、見なれた同じものを見ること——。そうだ、だが世界はなんと大きいことか！

ごらんよ、この愚か者を！　不幸の塊《かたまり》のようにこの片隅に座って、もっといろいろ見なかったことを悔んでいる。

サラマンカもサンチャゴも見なかったこと。エストレマドゥラのろばたちや、アンソの老婆たちがどんな格好か知らないこと。ジプシーの王様に逢わなかったこと。バスクのトヒストラリスの笛を聞かなかったこと。すべてを見て、すべてと関係を持つべきだった、たとえばトレドのあのろばを嘆き悲しんだり、アルカサルの庭園の椰子《やし》の幹をなでてやったりだ。すべてに、せめて指を触れるべきだった。全世界が手のひらを通じて動いていく。

きみ、これまで知らなかったなにかを見たり、それに触れたりするのは、喜びだ。物事や人びとの相違の一つひとつは、人生を何倍にも増やしてくれる。感謝と喜びにみちて、きみは自分の習慣以外のものを受け入れた。そしてきみがほかの巡礼たちを見たかぎりでは、彼らは、なにか特別な、絵のような、そしてほかのどの場所にもないようなものを見失わないように、その足をすり減らすことができた。それは、わたしたちすべての中に、人生の豊かさと限りなさを愛する気持ちがあるからだ。

そこで聞きたまえ、人生の豊かさが民族を作るのだ。もちろん、歴史も自然もだが、その両者は諸民族の中で融合している。そこで、いつか世界の諸事を人生に対する愛で規制するようなことが起こったならば、わたしたちはこんなことを（世界中のすべての言葉で）言わねばならぬだろう——。

DR

España

France

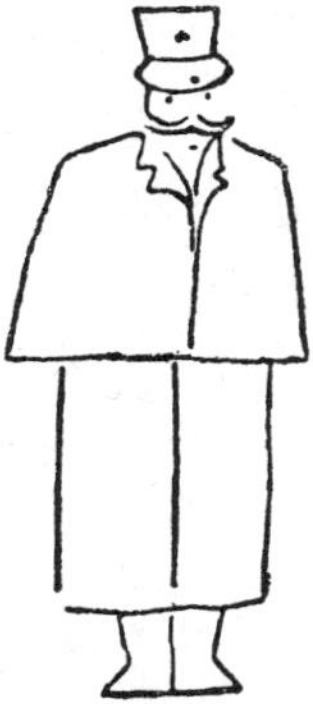

Belgique

紳士諸君《カバレッロス》、すべての人間が人間であることは真実だ。だが、わたしたち旅人を、たとえばセビーリャ人たちが人間であるという現象が、セビーリャ人たちがセビーリャ人であるという現象と同じように驚かさなかったことは喜ばしい。わたしたちは、スペイン人がほんとうにスペイン人であることを喜んだ。彼らがスペイン的であればあるほど、それだけ彼らが好きになったし、それだけ彼らを重んじた。

想像してほしいが、わたしたちは同じように、中国人が中国人であるという熱烈な理由で中国人を、ポルトガル人がポルトガル人であるという理由でポルトガル人を重んじるだろう、その人たちの言葉がひとこともわからなくても、などなど。

この世界が、アスファルトのハイウェイを持とうとするとか、ある特定の神を信じようとするとか、酒蔵と居酒屋を閉鎖しようとかするかぎり、その理由で全世界を愛する人たちがいる。一つの顔を、そしてそれは彼らの文明の顔なのだが、それを自分に与えようとするかぎり、その理由で世界を愛することができるだろう人たちがいる。しかし、それにもかかわらず、わたしたちはこれまで、そのようなやり方では愛をそれほど遠くに及ぼしていないのだから、別の方法を試みよう。

世界が千もの顔を持ちどこへ行っても異なるという理由で、全世界を愛することのほうがはるかに喜ばしい。そのあとで叫びたい——諸君、もはやこのように互いに喜んで顔を合わせるなら、国際連盟〔一九二〇年に実際結成されていた〕を作ろうではないか。だが、いまいましくても、諸民族が、それぞれに属するものをそのままに、それぞれが異なる髪と言葉を、それぞれの習慣と文化を、そのまま持つようにしておこう。そして、必要ならば、頑固に執着せずに自身の神様ともおさらばするのだ。なぜなら、相違のそれぞれは、愛する価値があるからで、それは人生を何倍にもゆたかにする。わたしたちを分かつすべてのものに、わたしたちを結びつけさせよ！

そしてここで、帰途にある人間は、フランスのぶどう畑の丘に目を走らせ、ドイツのホップをなでつけるように見、最後の国境の向こうにある耕された畑とりんご園を、熱烈に楽しみにしはじめる。

文庫版あとがき

本書は、恒文社版『カレル・チャペック　エッセイ選集』の第5巻（一九九七年刊）を文庫化したものである。もちろん、内容的には旧選集版と同一であるが、この機会に全面的に再点検し、誤記や誤植を訂正し、部分的に改訳した。

チャペックの見たスペインは、すでに八十年近い昔の姿であるから、現在とはかなり異なる点も多い。これはヨーロッパ全体について言えることだが、たとえばEUの結成はまさに画期的なことであった。チャペックにとっては異色の国で、別の大陸かとさえ思われたスペインは、今や通貨の面でも完全にヨーロッパの一員となっている。フラメンコ、ワイン、闘牛、アルハンブラ宮殿、プラド美術館――情熱と芸術の国とされるスペインも、他のキリスト教諸国と同様、イスラム世界との新しい関係を模索しつつあるようだ。

それぞれの国や民族が地域性を残しながらも、政治的・経済的・文化的に協調すること――本書の最後にチャペックが記しているような理想は、はたしていつ実現できるであろうか。本書は、そのような問題を、あらためて読者に提起するように思われる。

二〇〇六年十一月

飯島　周

解説　カレル・チャペックとスペイン

飯島 周

本書は、カレル・チャペックのエッセイ *Výlet do Španěl*（『スペイン旅行』一九三〇年刊）の全訳である。『イギリスだより』と同様に、『リドヴェー・ノヴィニ』紙に連載のあと、単行本として刊行された。

チャペックがスペインを旅行したのは、一九二九年十月である。ドイツからフランスのボルドーを経てスペイン入りしたチャペックは、マドリード、トレド、セビーリャ、ヘレス、マラガ、バレンシア、バルセロナなどを周遊して、その見聞をまとめた。これらの各地は、有名な観光地であり、本書と類似の旅行記も多いと思われるが、チャペックは独特の観察と描写、さらに自筆の挿し絵入りで、おもしろい作品に仕立てている。

内容は、ベラスケス、ゴヤ、エル・グレコなどの巨匠の作品、スペイン各地の建築、スペイン舞踊の代表であるフラメンコ、闘牛、ハイアライの原型であるバスクのペロタ競技、古都トレド、ほほえみの町セビーリャ、あやしい雰囲気の港町バルセロナ、イスラム文化とキリスト教文化の混交、ユダヤ文化の名残、ジプシー（この呼び名は蔑称であり、彼らは自称のロマ〔「人間」の意〕を用いるというが、本書では、日本で一般に定着しているこの呼称を使用した）の生活、聖地モンセラート、その他、多種多様なスペインの風物の紹介である。大学では美学の論文を書き、兄ヨゼフとともに早くから芸術評論活動をしていたチャペックは、スペインの芸術についても深い関心を示している。スペイン語にも興味があったようで、この作品には非常に多くのスペイン語が用いられ、それが一つの特色ともなっている。ただし、本書中のスペイン語を中心とするカタカナ表記は、主として、慣用的と思われるものに従ったので、やや不統一感がある。なお、「ムーア」は、現在では「モーロ」のほうが、有力かもしれない。

チェコの構造主義美学者J・ムカジョフスキー（一八九一〜一九七五年）によれば、この作品はチャペックの文体的特徴のいくつかを示すとされ、たとえば、その論文「チャペックの散文の発展」（一九三四年）中の記述は、それを指摘している。

すなわち、チャペックの散文の特徴の一つは、多種多様な明細の例示で、そのために豊富な単語の集積が好んで用いられること、そしてもう一つは、文体と構成の手法が柔軟であること、である。

その実例として、前者では、本書中の「庭園」における植物名の列挙、後者の例としては、「ペロタ」の試合の描写があげられ、前者ではエキゾチックな植物名がそのまま抒情詩的効果を持ち、後者では普通の速さとスローモーションの二種類のフィルムスピードの併用になぞらえられる効果がある、と指摘されている。たしかに、前者は南国の豊かな植物の茂りの連想があり、後者には擬音語のもたらす瞬間的な動きの連想があって、味わい深い。

そのほか、この作品中には、散文詩的な文体が各所にあり、とくに「椰子《やし》の木と、オレンジの木」の章は、行またぎの文や、パラグラフの切り方など、特殊な効果を出している。

ピレネーの南、褐色《かっしょく》の土地の国、アフリカ――これがチャペックのスペインに対する最初の印象だったようだ。この印象は、現在でも大きく変わってはいないかもしれない。飛行機で空から入って行くときには、眼下に展開される風景によって、それがいっそう強調される。そして、チャペックの描いた当時のこの国の姿は、おそらく、本質的に変わることなくつづいていることだろう。

最終的に、諸民族の多様性をそのままに、互いに理解し愛し合っていこうという、本書の巻末の提案は、小国出身の相対主義者チャペックの、心からの叫びであるように思われる。

ちくま文庫

スペイン旅行記《りょこうき》
カレル・チャペック旅行記《りょこうき》コレクション

二〇〇七年三月十日　第一刷発行
二〇一七年八月十日　第四刷発行

著　者　カレル・チャペック
編訳者　飯島　周（いいじま・いたる）
発行者　山野浩一
発行所　株式会社　筑摩書房
東京都台東区蔵前二―五―三　〒一一一―八七五五
振替〇〇一六〇―八―四一二三
装幀者　安野光雅
印刷所　三松堂印刷株式会社
製本所　三松堂印刷株式会社

乱丁・落丁本の場合は、左記宛にご送付下さい。
送料小社負担でお取り替えいたします。
ご注文・お問い合わせも左記へお願いします。
筑摩書房サービスセンター
埼玉県さいたま市北区櫛引町二―六〇四　〒三三一―八五〇七
電話番号　〇四八―六五一―〇〇五三

ISBN978-4-480-42296-5 C0198